高等院校"十二五"规划教材·摄影专业

中国高等教育学会摄影专业委员会 全国高校摄影联合会 推荐教材

U0147559

夏洪波　王传东　编著

辽宁科学技术出版社

沈　阳

丛书专家委员会

名誉顾问：刘志超

顾　　问：潘鲁生

主　　任：苗登宇

委　　员：（按姓氏笔画为序）

王传东　宋振军　胡希佳　唐家路　董占军　韩　青

丛书编委会

主　　编：王传东

副主编：韩　青

编　　委：（按姓氏笔画为序）

上官星　于　峰　王　兵　王培蓓　王　楠　从海亮

刘　倩　宋卫东　张百成　张晓明　张博晨　李劲男

李　楠　夏洪波　聂劲权　渠述勋

前言 FOREWORD

　　商业摄影，顾名思义，是指作为商业用途而开展的摄影活动。从广义上讲，它包括一切用于出售商品、撰写事件或介绍书籍的图像的生产；而狭义上的商业摄影人们通常意会为广告摄影，这不仅因为广告摄影在其中占有举足轻重的地位，且在于广告摄影本身所具有的天然而浓厚的商业色彩。

　　该教材讲述了商业摄影创意是商业摄影制作的核心，是整个广告推广系统的关键部分，它将直接影响广告品牌形象的树立、影响受众者对广告的信赖感，进而影响提高消费群体的审美价值和审美情趣、满足现代生活要求等。该书介绍了商业摄影与创意的两个要求，商业摄影创意构思的方法。总结了优秀的商业摄影创意必须以商品的广告销售推广为本，兼顾视觉传达艺术性的追求，从而使商业性要求和艺术性追求完美结合。广告图像凭借数字技术创造了崭新的广告形象，广告信息传达的真实性内涵已有拓展，有着虚拟语境的特点，广告推销的不仅是产品，更是现代生活的神话；由于数字影像的后期处理技术使无限创意得以便利地实现，从而极大地增强了广告的市场效应。商业摄影师由银盐技艺的传承者转变为数字艺术精英，集摄影、设计、制作于一身，成为一个多功能的广告传播者，同时又与创意策划者、电脑后期制作者形成三位一体的协同传播格局。商业摄影是传播商品信息、促进商品疏通的重要手段，随着广告事业的迅速发展，商业摄影已被越来越多的媒体广泛运用。随着我国广告事业的迅速发展，广告摄影作品已被更多的媒体广泛运用，这就为商业摄影提供了更为广阔的天地。

　　商业摄影是以传播广告信息为目的，以摄影艺术为表现手段的一门专业摄影课。它的任务是让学生充分地了解并能熟练使用商业摄影所需的各种器材，正确使用灯光和掌握曝光控制，学会商业摄影的拍摄技巧。在商业摄影的基本技能训练的同时，使学生能够准确地完成各种形象的还原操作。了解图片在商业运作程序中的作用，使学生能够明晰实际商业操作中的拍摄尺度。在教学中大力拓展学生的知识面，培养学生发散思维及独立创意的精神。本书还精选了200多幅优秀的商业摄影作品，图文并茂、相得益彰，让读者在图解范例中获得知识，在愉悦欣赏中掌握创作方法。本书适用面广，既可作为高等艺术院校摄影专业和艺术设计相关专业的教材，也可作为摄影爱好者及商业摄影从业者的参考用书。

目录 CONTENTS

第1章
商业摄影概述

第一节 商业摄影的起源与发展

一、商业摄影的起源

中国是世界广告的策源地，历史悠久。远在古代，经商点需有"幌子"（又名"望子"）和招牌。春秋时期的韩非子在《外储说右上》记载："宋人有沽酒者，升概甚平，遇客甚谨，为酒甚美，悬帜甚高著……"就是指公元前6世纪宋国的酒店"幌子"广告，并一直沿用至今。

"Advertisement（广告）"一词最早出现在1645年1月15日英国出版的《每周报道》上。正式使用"广告"一词，是1655年11月1日—8日苏格兰《政治使者》报开始，从此便沿用至今。19世纪中叶，西方发生了工业革命，机械化的大生产，急需广告促进商品的流通，于是，广告行业兴起了。

早期的产品广告摄影似乎只是模拟传统绘画的式样。而最早用照片为一家帽子店做广告，乃是1853年美国纽约《每日论坛》，从此，广告开始使用摄影照片。第一次世界大战后，印刷的进步推动了广告摄影的发展。1826年，法国发明了照相制版。1883年，美国费城发展成网版。至本世纪初，照相蚀刻网版在美国菌类产业销售部的广泛运用，推动了广告摄影的发展。研究表明，广告摄影因其表现的真实性、丰富性、制作迅速及强烈的生活味，已优于绘画而成为印刷广告的头等要素。据有关资料统计，20世纪50年代广告摄影占20%~30%，60年代广告摄影与广告画各占50%，70年代后期已占60%~70%，80年代占90%以上。设计家称现在的摄影与广告是"蜜月时代"，这是现代科技和经济飞速发展的必然趋势。

二、商业摄影的发展

摄影作为一种工业社会的产物，一种现代的视觉传播媒介，它的产生与发展是和科技的进步同步发展的。科技水平由19世纪的半机械化发展到20世纪的机械化、电子化，又到21世纪的数字化、网络化，这给摄影的技术与艺术的发展带来了巨大的变革空间。

在约160年前，摄影术发明的初期，摄影题材的选择及拍摄手法来源于当时的古典绘画，摄影代替写实绘画的部分功能。但绘画主义风格的摄影手法却一直发展下来，直到当代，出现了摄影与绘画界线模糊的作品。在摄影史上，绘画的各种风格形式都在摄影之中有所体现。

19世纪上半叶，经过法国人尼普斯、达盖尔等先辈的不懈努力，于1839年发明了摄影术。摄影术自它的发明之日起，就产生了意义深远的商业价值。最初的商业价值体现在商业人像摄影上。1841年3月，在伦敦世界上第一家人像照相馆开张。当时使用的是感光度极低的银版摄影法，拍人像需要几分钟的曝光时间，但还是吸引了众多的绅士、淑女们拍摄肖像。

对于摄影术发明初期的摄影人来说，最头痛的莫过于因曝光时间太长无法拍人物肖像，他们采取各种办法尽量缩短曝光时间，在感光度一时无法提高的情况下，摄影人通常在强烈日光照射下的玻璃棚中拍照，冬天曝光需3~5分钟，夏季会短一些，最短也需几十秒，摄影人便在被摄人脸上涂一层白粉，企盼能提高一点儿感光度，这种作法所缩短的曝光时间极为有限，尽管让被摄人物以僵硬的姿势一动不动地坐着，却常因人物头部微动而导致肖像模糊，为了拍到清晰的人物照片，促使人们想到研制一种固定人物头部的支撑物。最早的支撑物是在座椅靠背上方设置一圆形小托盘，以此托住被摄人的脑袋，摄影师手握怀表在看曝光时间（图1-1、图1-2）；后来改进为可以从身后固定人物

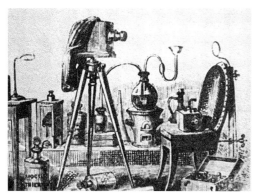

图1-1　漫画人像拍摄

图 1-2　漫画人像拍

图1-3　漫画人像拍摄

图 1-4　漫画人像拍摄

头部的支撑托架。1842年，英国人在玻璃摄影棚中拍人物肖像，被摄者头部被支撑托架固定，坐在高台上尽量靠近光源提高亮度，摄影师站在梯子上看怀表计算曝光时间（图1-3、

图1-5 19世纪40年代人像作品

图1-6 19世纪40年代人像作品

图1-4）；1840年拍摄的人像，面部表情和身体姿势僵硬（图1-5、图1-6）；1846年用银版法拍摄的达盖尔肖像，也是用一动不动的固定姿态在拍照（图1-7）。

到了20世纪，工业的高速发展，市场竞争得越来越激烈是广告摄影发展的先决条件。为了商业利益，人们不惜在摄影器材上投入巨资，以期获得最好的拍摄效果。如1900年，在美国就诞生了世界上最大的相机，这是芝加哥和沃顿铁道公司为了给他们新生产的豪华列车照一张完美的照片，定制了这架名叫"Mamtnoth"的相机（图1-8）。这架相机重达1 400磅，使用500磅重的玻璃干板，其操作小组通常有15人，显影时，4.5英尺×8英尺照片一次需要10加仑显影液。Mamtnotn相机只使用过一次，就从摄影史上消失了。

到了20 世纪20年代，广告摄影逐渐由艺术摄影转向商业摄影，受限于当时的

图 1-7 达盖尔肖像

图 1-8　Mamtnoth相机

技术条件，主要追求真实性和清晰性。第一次世界大战后，全球经济复苏，广告费用逐渐增长，并出现了印刷精美的广告宣传册，摄影成为一种专门的职业，技术、创意和器材都在不断前进发展中。然而第二次世界大战爆发以后，战争打破了所有的一切，造成了物资的紧张，商业营销失去了存在的价值，摄影着重于新闻纪实，强调直接冲击力。50年代，彩色摄影逐渐完善，电子闪光灯等新器材的出现为现代广告摄影注入了新鲜的活力，世界经济在寻求发展，广告摄影也在追求突破，追求形式和题材的灵活、个性和幽默。80年代，世界经济大步发展，广告摄影得到了空前的发展，专业开始细分，涌现了大批专业的广告摄影师，市场也顺应潮流，出现了可租用的广告摄影棚和摄影器材。90年代，数码摄影浪潮和CCD技术的推广应用使得商业摄影发展迅猛，随着数码技术的普及和发展，广告摄影步入了全新的数码时代，专业的广告器材商不断研发出价格更低廉、成像质量更高、使用更便捷的数码摄影器材，而摄影师也需要跟随潮流，进入数码摄影的新领域，运用数码技术，更好地表达广告内容。广告摄影利用数码影像技术还有广泛的发展空间。由于数码影像技术可以很便捷地对图像进行修改、任意组合，这一点大大提高了摄影者的主观创造性，并使制作成本大大降低。

　　进入商业摄影的数码技术基本上有两条路：一条是仍然使用传统的胶片摄影，拍摄的影像通过电子扫描进入数码空间；另一条是使用数码相机实现完全的数码化。

第二节　商业摄影的功能及特征

一、商业摄影的功能

1. 增强了广告的真实性和可信性

　　广告摄影的这种如实地反映事物质地、色彩、外观的逼真写实性，体现了广告摄影的本质特性，是广告文案如何描述也无法做到的。正是由于这一点，加强了观众对商品的记忆，加强了观者对商品的感性认识，当发生购买欲望时，就会想起给其印象最深的广告信息，引导其作出判断（图1-9、图1-10）。

图1-9 [日本] 马场道浩 摄

图1-10 [美国] Stan Musilek 摄

2. 增强了广告的视觉冲击力

根据有关机构的测试表明，在相同面积的广告版面中，图片的注视率比文字高几倍。相信我们自己也深有体会，在阅读一则广告时，通常都是先看图片后读文字。图片更能引起人们的注意，从而强化对商品的记忆。如果对图片不感兴趣，文字根本都不会去看。足可证明图片大大地增强了广告的视觉冲击力。在当今社会信息爆炸的时代，广告泛滥，成功的广告作品必须在最短的时间内抓住观者的视线，图片带来的这种视觉冲击力，正是广告主梦寐以求的。

3. 增强了广告信息的表现力

没有图片的广告犹如没有放调料的菜肴一样乏味，虽然图片和文字是两种不同的信息传达手段，各有优势。只有将两者结合，取长补短才能更好地发挥作用。图文并茂是现代广告广为采用的形式，因为图片在传达商品信息上比文字明确、清晰。这正是增强广告信息表现力的重要特征。

4. 增加了广告的亲和力

俗话说："耳听为虚，眼见为实"。广告摄影给人以身临其境般的真实，也无形中深深地感染了消费者。这种亲和力是抽象的文字无法达到的，"一图胜过千言万语"。图片更贴近人的感受（图1-11）。

图 1-11　红牛广告　王传东 摄

5. 增强了广告的认知性

　　图片信息更能使人在短时间内记忆。这是经过实验证明的，因为图片是具象的，它比抽象的文案更易于记忆，更能给观者留下深刻印象，图片形象更易被认知。例如还不认识字的儿童，要向他们传递商品信息只有通过图片，这是文字无法替代的（图1-12）。

图 1-12　[法国]手表广告　Charles Helleu 摄

二、商业摄影的特征

艺术性特征指的是广告摄影以摄影艺术的表现手法，通过形象化的摄影语言符号，艺术性地达到广告宣传的专业性要求。因此，为有效地传播广告信息，在不违背真实、准确、可信的基础上，广告摄影应充分地运用摄影的艺术与技术手法来增加作品的表现力。

广告摄影的专业性特征和艺术性特征既互为独立又相互依存。广告摄影的创意与制作就在于使这两个基本特征得到完美统一。

1. 广告摄影的专业特征

创作一件广告摄影作品，首先需要了解针对该产品的整体宣传战略。它是根据科学的市场调查数据和针对其目标市场运作产生的。具体地说，就是通过广告客户、广告策划人员、媒介经理、广告设计师、广告摄影师等创作人员共同策划的结果。

广告按不同性质划分主要有：商业广告、公益广告、竞选广告、启示广告4种。

广告摄影要求准确传达商品的特定信息。由于广告商品的对象不同，广告信息也有所不同。商业广告通常又分为商品广告、服务广告、工业广告、人物广告4类。

（1）商品广告主要是传达的是商品性能、用途、特征、构造方面的信息。

（2）服务广告主要是传达服务项目的内容、范围、对象、特色方面的信息。

（3）工业广告主要是传达企业形象、规模、历史、科技水平、管理水平方面的信息。

（4）人物广告主要传达人物的职业、身份、技能、成就、风格方面的信息。

广告信息和拍摄主题的确定，依次是由广告客户、广告策划人员、创意总监、艺术总监和广告摄影师来决定的。决定的依据主要是来自广告主体本身、产品市场的调查、广告对象的意愿和广告媒体的战略等方面。

广告摄影以其独一无二的视觉语言对广告传播起着举足轻重的作用。通常情况下，广告摄影在广告传播中具有以下几个明显的特征。

① 信息性

信息性不仅是广告摄影的重要内涵和特征，也是广告摄影与其他摄影门类的重要区别所在。如果广告摄影不具备信息价值，或者所传递的广告信息不清晰、不准确，那么就根本无法完成它所肩负的促销商品的任务（图1-13、图1-14）。

② 瞩目性

对一个广告来说，做到引人瞩目极为重要。卡桑德尔曾作过这样生动的描述：

图1-13 [美国] 香水广告 *Shu Akashi Studio* 摄

"一张广告是为了让那些没打算看的人们见到，并且给他们留下印象而布置的。大街可不是博物馆，它只是一个人们漫不经心路过的地方。广告所面对的公众是无动于衷的，

图 1-14　[美国] 香水广告　Shu Akashi Studio 摄

来去匆匆的过客不会对某一件东西给以特别的注意，这就要求广告能触动他们，钻到他们的头脑中去。"广告摄影画面的瞩目性是广告摄影画面设计的最基本要求，也是迈向成功广告的第一步。美国韦伯州立大学的希尔·约瑟夫森在写博士论文时，做过一项关于观众在浏览图片时眼球运动轨迹的实验。他用两台微型摄像机固定在实验对象的头部，观察记录他们在阅读各种图片时，眼睛从哪儿看起、阅读的前后顺序以及看一幅图片需要多长时间，实验结果令人吃惊，观众浏览每张图片的时间平均不足0.71秒。因此，如何使广告摄影画面在短短的0.71秒时间内抓住观众，进而让他们把目光停留其上，这对任何一位广告摄影师来说，都是一个挑战。

③ 实证性

"百闻不如一见"的心理人人都存在，说的、写的或画的带有极大的随意性，而摄影镜头面前则人人平等。除了摄影行家外，受众对照片上所呈现的东西总能信以为真，由于摄影这种与生俱来的实证性，使整个广告的可信度也变得更高。但是，随着数字影像技术的迅猛发展，利用摄影图像作假、说谎变得越来越容易，广告摄影的实证性也正受到前所未有的质疑。对此，我们需要记住的是，对任何摄影图像的实证特征能否信任并不在于媒介本身，而在于使用该媒介的人是否可信（图1-15、图1-16）。

图 1-15　[澳大利亚] DIGI芯片广告　Electric Art 摄

图 1-16　[澳大利亚] DIGI芯片广告　Electric Art 摄

④ 形象性

据测试资料表明，在表达的形象性方面，图像比文字强85％。这并非文字缺乏形象的描述能力，而是因为具体的、逼真的图像总比抽象的文字生动和感人。皮脆肉嫩的炸鸡、泡沫升腾的啤酒和华贵、新潮的时装……都可在照片上得以淋漓尽致地表现。由于广告摄影能真切、形象地表达广告内容，所以，广告就更吸引人，更感人（图1–17）。

⑤ 视觉表达的不确定性

尽管我们强调广告摄影画面要具备信息性、瞩目性、实证性和形象性，但是，与语言文字表达系统相比较，在广告摄影的视觉表达结构中缺乏一套表示因果关系、相似关系的手段，或者说，通过广告摄影形象本身表达的论点无法达到十分明确的程度。如果仅仅从表面上看，广告摄影的这一特征似乎是一个缺陷，然而实际上，或许可以成为它的某些长处。首先，由于广告

图 1–17 [意大利] 女性啤酒 Ray Massey 摄

摄影无法明确地表达出视觉论点，因此要让观众理解就需要观众比在其他情况下有更大程度的参与。例如，如果广告摄影画面欲使观众产生兴趣，或形成悬念，就会自然而然地诱发观众产生进一步了解广告内容而去阅读广告文案的欲望。其次，广告主必须严格地对广告中所写的文字或所说的话语负责，这种要求要比广告摄影画面中所暗含的任何承诺更加严格。利用广告摄影画面本身无法表达一个明确的论点这一特征，我们可以巧妙地在摄影画面中暗示某些事，而同时又避免用文字写出来或用语言说出可能产生的后果，这在广告中涉及性和社会地位两大主题时特别有用（图1–18、图1–19）。

2. 广告摄影的艺术特征

广告摄影在摄影学上是属于高级专业摄影。一般初学者必须在掌握摄影的基础知识和基本技能之后，才能从事广告摄影的学习与研究。

基础摄影包括：摄影构图、摄影用光、静物摄影、风光摄影、人像摄影等。

专业摄影包括：新闻摄影、科技摄影、广告摄影等。

摄影师们通过独特地运用光线、视角、空间、色彩的变化，摄影艺术完全可以满足摄影师的主观意愿。摄影师以其驾驭这些摄影语言的熟练技巧反映出他们对被摄体的独特视觉理解和想象力。

图 1-18　KIA Motors汽车广告

图 1-19　咖啡机广告

3. 大众审美——广告摄影与消费者的交流工具

　　广告摄影作品不是博物馆的艺术作品，它一般只存在于不顾其协调性的色彩、形象、信息的大杂烩里。它所面对的公众是匆忙的、毫无准备的、无动于衷的。这就要求广告摄影作品能够触动他们，打动他们的心灵。应设法让消费者迅速地收到广告摄影画面所传送的信息，要使图像更有吸引力，或者至少要能使观众留意画面的更多内容。心理学实践表明，人在看到图片的最初一秒钟的视觉刺激决定了他们在观看画面时是否有所停留，并感到兴奋、愉快，甚至获得某种享受。

第三节　商业摄影的领域

　　商业摄影所包含的范围是非常广泛的，甚至说包括在各种行业中，其中最明显的具有商业摄影性质的是产品摄影、广告摄影、人像摄影、照相馆摄影及其他需要用钱来购买的具有商业价值的摄影图片，它包括航空、太空等。而且有很多自由摄影人把照片作为一种商品来出售，还有很多的图片代理机构把收购来的图片卖给需要的人。

　　产品摄影特性，主要表现在是以产品为主要体裁的摄影，其照片用于广告、商品、目录、产品说明书、小册子以及基础类似出版物，它们也用于招贴、展销资料说明书内容的包装装潢，用于包装袋、包装盒等。介绍产品的照片必须清楚明快，直截了当，而且还必须再现出产品的颜色、形状、材质和结构。用于推销的照片通常必须美化产品能给人一种暗示，使人联想到能提供有形和无形的好处，这种好处一般是通过形象来表示的（图1-20、图1-21）。

图1-20　喜力啤酒广告

图1-21　喜力啤酒广告

　　产品摄影大多数是在室内影棚进行的，因为影棚的灯光条件是完全可以控制的，有些表现产品的照片是在现场拍摄的，如需要某种环境和大型产品不易搬动。一般来讲，大多数都是在室内完成。产品摄影，摄影家都是事先做好设计，然后再按设计艺术指导来完成的，有时这种设计可能是草图，也可能是精彩的图，再就是综合说明图稿，应当说产品摄影对产品本身来说，不过是一种静物摄影，产品摄影中可能使用各种光源，可以不断地试看效果，至于拍摄的好与坏、成功与否完全在于摄影家的水准（图1-22、图1-23）。

　　广告摄影是一门以传达信息为目的，主要用于商业性的摄影，它和主题文稿口号一起构成了宣传广告整体。广告摄影主要是20世纪发展起来的，20世纪初，黑白照片开始在广告中出现。20世纪20年代，黑白摄影在广泛地应用，广告摄影的特点都是一目了然地表现产品和使用产品以此来推销产品，广告摄影主要在于设计风格和巧妙的构思，可以运用多种手段以达到高质量的效果，既满足雇主的需要又要满足客户的需要，由于广告的范围太广，种类太多，而摄影师趋向于在某些方面具有专长，如专拍摄食品，专拍时装、汽车方面的摄影，还有专门拍摄情调、情节的照片，往往摄影师都和艺术指导结合，共同研究拍摄方案，现在大多数的广告照片都是彩色的，彩色照片的拍摄及效果运用全在于摄影师的素质。

　　广告摄影是以一个能够传递某种信息的画面，其画面的构成不同于其他的摄影艺

图1-22　电烤箱广告

图1-23　汽配广告

门类，它要具有很好的艺术构思和表现形式。广告摄影是以传播广告信息为目的、以摄影艺术为表现手段的一门专业摄影。静物摄影与广告摄影的区别就在于在画面中是否有着强烈的功能性（传递着某种使用功能信息）。技术不等于技巧，技巧要靠技术来实现。广告摄影的画面构成要能表现出深邃的思想，发挥美的特性（静物摄影也在发挥美的特性）去传情达意，关键在于摄影师的艺术修养和所遵循的美的规律而形成的创作意识（图1-24~图1-27）。

图1-24　静物摄影作品

图1-25　静物摄影作品

图1-26 食品广告摄影作品

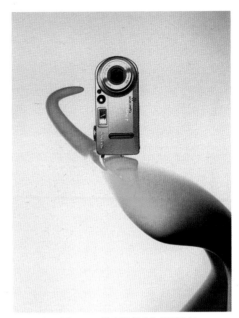

图1-27 数码相机广告摄影作品

由于摄影广告多用于商业，那么要根据主体的商品特点和消费对象而确定主题内容。广告摄影要求内容与形式的高度统一，内容决定形式，而形式是为了表现内容的完美。手法上的创新和技巧上的突破不仅可以增添艺术魅力，而且还有着巨大的吸引力。所以，一幅具有高超艺术水准，强烈信息引力的广告摄影作品就是完美的艺术构思和纯熟技术运用的高度组合（图1-28）。

图1-28 饮料广告摄影作品

在广告摄影画面的创作过程中，如果片面地强调形式而忽视对内容的表现，就会变成或一个以美为中心的静物作品，而失去了作为广告的功能性（图1-29、图1-30）。

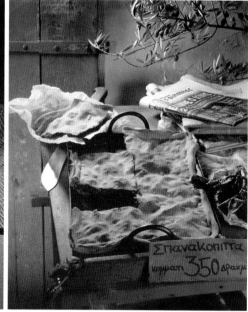

图1-29　静物摄影作品　　　　　　　　　图1-30　静物摄影作品

人像摄影是最古老的摄影艺术形式之一。不论哪一类人像，从其表现手法来看，不外乎分为两类：一类是创意性人像摄影，以摆拍为主，重写意，用光刻意，多为人造光照明；另一类是纪实性人像摄影，多在生活中抓拍或抢拍，重写实，手法自然朴实，画面内容较具体，用光多采用自然光或现场光拍摄（图1-31、图1-32）。

图1-31　创意人像摄影作品

摄影发明后，作为摄影商业运营的照相馆就出现了，多以拍摄人像为主的摄影，在现代照相馆业为了适应社会发展的需要推出多种形式的经营项目，如婚纱摄影、人物艺

图 1-32　人像摄影作品

术摄影、儿童艺术摄影等，但大体上离不开美化人物的摄影（图1-33~图1-36）。

图 1-33　[美国] 婚纱摄影作品　　Cliff Mautner 摄

图 1-34　[美国] 婚纱摄影作品　　Cliff Mautner 摄

图 1-35　创意人像　鲁克强 摄

图 1-36　创意人像　鲁克强 摄

其他是把图片作为商品对外出售，一般的是首先收购可以作为商品的图片，然后有目的地销售给需要的对象，这一般都是由图片代理机构来经营的，大多数是从自由摄影师处购买的。

第四节　商业摄影在整体广告活动中的作用

现代广告宣传是一项完整的系统工程，是一个开放的循环的系统。

广告摄影就是其中的一个环节。在整体广告活动中，从接受客户委托开始，首先要经过前期的市场和商品分析从而完成调研工作，根据调研情况进行相关的策划，指定广告战略。根据广告战略和商品定位，确定广告创意和文案，到了这时就需要广告摄影了，现在多数创意的完成需要摄影的手段，利用摄影表达效果。最后，寻找适合的媒介发布出去，调查促销效果就可以了。这就是整体广告活动中的广告摄影。

当摄影与广告结合在一起，广告借助了摄影在宣传中的无可比拟的优越性开拓了新空间，同样，摄影依托广告发展壮大了自己，两者紧密联系在一起。发展到今天，超过95％的广告采用了摄影的手段，其重要性不言而喻。

广告摄影作为商业活动的一种传播媒介，当前，它已占据印刷类媒介广告的80％以上。它的商业交流作用十分明显，这也是它的主要作用之一。

广告摄影的第二个作用是它的文化作用。由于广告的普及面非常广，它几乎渗透到社会的各个层面，各个角落，已成为社会的一面镜子。它是此时此地社会文化的准确反映，并成为社会时尚的一部分，是社会时尚的有效诠释者。广告的文化作用无论是针对广告内容还是形式本身，或是针对现实社会乃至整个消费群体的影响都在逐渐显现出来。

广告摄影的第三个作用是它的审美作用。从广告摄影的本质来说，它的审美作用在很大程度上体现的是大众的审美趣味。但并不是说这种审美趣味是一味地迎合大众的审美心理。种种实例表明，这种迎合常常起到与初衷恰恰相反的作用，往往使大众熟视无睹。广告摄影的审美应能准确地反映时代性、审美潮流、流行趋势等，放大或强调某一观赏点，从而与大众的审美心理产生共鸣，最终达到传播商业信息的目的。这就是广告摄影作为一种审美方式所起的作用。

摄影追求的基本原则：

（1）一幅好照片要有一个鲜明的主题（有时也称之为题材）。或是表现一个人，或是表现一件事物，甚至可以表现该题材的一个故事情节。主题必须明确，毫不含糊，使任何观赏者一眼就能看得出来。

（2）一幅好照片必须能把注意力引向被摄主体，换句话说，使观赏者的目光一下子就投向被摄主体。

（3）一幅好照片必须画面简洁，只包括那些有利于把视线引向被摄主体的内容，而排除或压缩那些可能分散注意力的内容（图1-37、图1-38）。

图1-37 [美国] 手表广告 *Shu Akashi Studio* 摄

图1-38 [美国] 鞋广告 *Shu Akashi Studio* 摄

复习思考问答题:

1. 商业摄影的功能是什么?

2. 商业摄影的特征是什么?

3. 商业摄影的领域有哪些?

4. 商业摄影在整体广告活动中的作用?

第2章
商业摄影的媒介与信息传达

第一节 产品的内涵与发展

一、产品的内涵

产品是用来满足人们需求和欲望的物体或载体。也可以说"能够提供给市场，被人们使用和消费，并能满足人们某种需求的东西"。

人类的物质产品是人们按照"美的规律"建造的，因此都含有审美因素。但凡产品都会具有一定的造型、色彩和材质，并从整体形象上体现出特定的人工韵律。它们物化着人类改造客观世界使之适应自身的本质力量，受到人们喜爱并成为人的审美客体。

但从造型上看，人们的产品就有三种造型形态：

第一种是模仿自然界的生物或无生物的形态来造型。大自然所展现的无限、丰富、优美的形态，唤起人们无限的美感。千姿百态的花、叶、蔓藤，千变万化的鸟、兽、鱼、虫及玲珑剔透的山石、凌空高架的虹桥，都是人们喜爱的形态。人们为自己生产各种产品时，有一部分的造型就是来自对大自然的各种形态的整体或局部的模仿。有的模仿造型是加于产品形式上的装饰，不是器物实用功能的必然要求，只要不妨碍实用功能，也可以提高产品的审美价值。

第二种是对自然形态进行较大变形的造型。这种造型方式通过夸张、减弱或抽象自然形态的局部或整体形象来造型，使产品造型处于同自然形态的似与不似之间，既能看到自然形态的影子，又与自然形态相去较远。如家用的甲壳虫轿车，德国科拉尼设计的飞机中只有形似鲨鱼或海豚的巨人机，有似鹞鹰的垂直起降机，有似蜻蜓的喷气式飞机，这些都是以自然形态作为整体形象做改形之后的造型，其模仿方法更为简洁，明快，耐人寻味。

第三种是抽象的几何造型。这是通过点、线、面、体在空间的不同结合而创造出的抽象形态。这种造型形态是无限丰富的。几何造型都有严格的依据，便于计算和大批量地进行机械加工，因而是产品造型中应用最广泛的一种。

在市场经济日益发达的今天，产品的设计越来越注重体现审美的价值，产品越来越工艺化、艺术化，此外，在品牌、商标、包装等方面也进一步美化，就连广告有时也会给人带来艺术般的享受。

二、产品的发展

1. 现代产品设计的转变

20世纪工业革命之后，虽然产品的大量生产方便了人们的生活，但也随之产生了产品的竞争及"生产的过剩"。进入21世纪，社会迅速发展，人类进入了互联网时代和后工业时代，在这种迅猛的变革中，产品的设计风格随着社会的变迁不断发展变化，其产品设计趋势也在社会各种因素的共同作用下进行着错综复杂的变化。不同时代社会发展模式的变化与影响，都会促使设计主体趋势与方法的改变。科技的高速发展，使各个行业之间的竞争愈发激烈，也使现代工业产品设计的趋势发生了改变。

国际主义现代设计风格不仅推动了现代设计的发展，而且迎合了当代工业化体系的发展需要，但它限制了多样性设计思维的发展，导致产品设计模式和产品形态的单一，并且忽视了现代工业设计与自然环境、社会生活及民族文化的紧密结合。而倡导个性化设计的后现代设计在让人耳目一新的同时，也使人们清醒地认识到：现代化工业文明给人们带来美好产品的同时，也使自然环境遭到了破坏。由工业文明到生态文明，实现人与自然和谐发展，减少环境污染、维持生态平衡、节约社会资源，倡导绿色设计、生态设计，回归大自然，成为新时期产品设计的趋势及主要内容。

工业产品设计不断发展的源泉和动力是大自然，而实现人与自然的和谐发展是工业产品设计致力实现的目标，这是由两者关系所决定的。大自然孕育着美学思想，也使工业产品的设计理念不断完善，且对工业产品的形式美设计具有直接的指导意义。在大工业时代，我们强调征服自然和改造自然的能力，围绕"以人为中心"的设计原则，造成了全球性的生态危机。因此，实现"人、社会、环境"的和谐，实现人的社会性与自然性的统一，使设计回归自然，是现代产品设计发展的趋势，是工业产品人性化设计发展的要求，也是现代社会未来发展的要求。

2. 产品材料（材质）的发展

随着社会的发展，人们审美标准的改变，对产品的设计要求也越来越高。而产品本身也应该满足人们对物质和精神的需要，即在产品功能的实用性与产品的美感和情感之间寻求共鸣。因此，研究产品的材质、造型、色彩、功能等因素成为对产品设计的认识和思考的问题。以材质的发展来说，粗糙材质的运用及复杂花哨的装饰引起了人们对现代设计的不满。现代主义产品设计要求材质的运用要体现出产品功能的实用性，而相对于后现代主义对材质的运用要求方面就更丰富一些，在使产品体现出材质的质感和触感的同时，更要具有个性化。

不同的材料具有不同的物理、化学以及情感属性。在进行产品设计时，材料的环境、寿命、工艺、安全性能等因素是首要考虑的问题。产品功能实现的前提是材料的物理及化学属性对产品设计要求的满足，而情感属性则满足人们对质感的心理感受。因此，只有提前认识材料的属性，才能运用好材料进行产品的设计。

（1）金属材料。金属是一种具有光泽、延展性及导热导电性质的物体。生活的现代化、机械化、电子化，使金属的物体俯拾皆是。小到钟表、收音机的小螺丝钉，大到汽车、飞机的曲轴、齿轮。而各种机器的组件、配件及产品又都是无穷无尽的。金属表面的质感具有多样化的特点，其加工工艺非常多，有抛光、拉丝、镜面、磨砂、镀铬、丝网印刷、激光刻花等。金属机件的质感表现的重要特征是靠金属光泽来定性的。不同材质、不同加工精度以及不同工艺处理的光泽是不一样的（图2-1、图2-2）。

图2-1　金属材质表现

图2-2　金属材质表现

（2）木材材料。木材制品虽种类繁多，但基本上可分为无漆和亮漆两大类。不同树种的木质结构有着不同的粗细、软硬，纤维有显隐、曲直，这使木材在加工后的表面形成各异的质地和纹理，许多木板的纹理结构具有美感，在表现木材制品材质造型时，要选用合适的木质特征，注意强化木纹的装饰美。在表现木材制品的摄影造型时，要注意合理的布光，来表现木质的纹理结构（图2-3、图2-4）。

（3）塑料材料。塑料的主要成分是以合成树脂或天然高分子经过化学合成的高分子有机化合物。它可以多种形态存在成型。塑料在产品的造型设计中有着丰富的表现空间，通过不同技术的表面处理会形成丰富的质感。如磨砂塑料在摄影的表现上，需运用柔和的反射光线来处理，才能如实地反映出磨砂塑料的颗粒亚光效果，形成细腻精致、柔和感。如经过抛光和烤漆工艺处理的塑料制品会呈现出不同的时尚感、明快感、华丽感及高贵感（图2-5、图2-6）。

图2-3　木材表现

图2-4　木材表现

图2-5　塑料表现

图2-6　塑料表现

（4）陶瓷材料。陶瓷主要是指陶制品和瓷制品。陶瓷制品是由黏土，钾、钠长石，石英等原料经过拉坯、修坯、画坯、上釉、高温烧窑等加工工艺烧制而成的产品。陶制品有粗面和细面之分。瓷器表面一般都很光滑，但都未达到光可鉴人的地步。对陶瓷制品的拍摄应根据其表面质感的粗细、反光程度及造型等特点来进行合理布光。也有一部分瓷制品的光洁度较高，其中深暗色彩的瓷制品会较清晰地映照明亮的色块或光源。对这部分被摄体的拍摄，要注意其造型特点、质感、空间感等要素（图2-7~图2-9）。

图2-7　陶瓷作品　薄芳杰 摄

图2-8　陶瓷作品　薄芳杰 摄

图2-9　陶瓷作品　薄芳杰 摄

（5）玻璃材料。玻璃能透过光线照射的固体物体。高温熔融后，形成连续网络结构。玻璃具有良好的通透性，表面质感光滑，颜色丰富，具有极好的装饰性。不同波段的光可以被玻璃光滑的表面反射，由于玻璃具有不同颜色，经光线照射后可形成五彩斑斓的效果（图2-10、图2-11）。

图2-10　百加得酒广告　李　媛摄

图2-11　百加得酒广告　李　媛摄

（6）高分子材料。高分子材料是由相对分子质量较高的化合物构成的材料，包括橡胶、纤维、涂料、胶黏剂和高分子基复合材料。高分子材料的结构决定其性能独特的结构和易加工的特点，使其具有其他材料不可比拟、不可取代的优异特性，在现代工业中有不断替代各种金属等质量比较重的材料之趋势（图2-12、图2-13）。

图2-12　医疗设备广告

纵观人类造物发展史，其每一种重要的新材料的发现和广泛利用，都使人类支配和改造自然的能力提高到一个新的水平，不仅促进了技术的进步和新产业的形成，还给整个经济和

图2-13　办公设备广告

社会的发展带来重大影响。

材料科技的发展导致材料品种越来越多，材料的工艺水平也不断进步，这些极大地提高了设计造物的自由度。比如20世纪40年代受到工艺约束的"流线型"风格为主的产品，这种造型风格的产品给人以浑厚、粗糙、缺乏力感的印象。由于钢板深冲技术的采用，80年代后，产品的造型向方形小圆角过渡，给人以刚劲挺拔、轮廓清晰、简单大方的美感，被人们所接受和喜爱。

新材料及新工艺的应用可能引起传统产品的功能与结构的全面创新，甚至引起传统行业的变革。个性化时代的到来，使人们越来越喜欢与众不同的、能够"感动心灵"的产品。新材料和新工艺的发展为产品设计结构和功能的创新提供了契机，使产品设计师和大众有了更多的选择。如光色玻璃相对于传统玻璃完全不同的特性，受光照影响，可进行着色或褪色，其可变色程度又可根据需要进行调节。因为这种特性，光色玻璃被应用于需要变色的眼镜或者车窗玻璃，相对于传统的玻璃产品而言，这些功能是具有突破性的。而对变色眼镜或者玻璃车窗，在对产品摄影时，怎样进行创意，对创意进行怎样的表达，又是我们需要研究的问题。

在当今信息爆炸的时代，怎样才能把产品的新材料及新工艺的相关信息通过摄影语言来表达得合时宜，又说到点子上，并深入人心呢？首先要通过研究调查，确定消费群体；其次，是在已有的目标上，集中力量加强竞争，利用产品优势及品牌形象迅速根植于顾客心中。以产品自身为主，利用奇特的创意表现语言来重点突出展示产品的新材料质感优势。

第二节　摄影的内涵与发展

一、摄影的内涵

摄影是什么？

有人说，摄影是一种观念，一种想法的升华，一种思考的凝聚。也有人说，摄影是一种交流，当然，用的是摄影的语言，学会掌握语言才能表达思想。

英文摄影 Photography 一词是源于希腊语 φως；phos（光线）和 γραφις graphis（绘画、绘图）或 γραφη graphê，两字一起的意思是"以光线绘图"，是指使用某种专门设备进行影像记录的过程，一般我们使用机械照相机或者数码照相机进行摄影。有时摄影也会被称为照相，也就是通过物体所反射的光线使感光介质曝光的过程。

德国著名的影视理论家克拉考尔在论及影视作为媒体手段使用时曾说过，"人类有着再现现实的永恒冲动，但在摄影术发明之前，尚无一种方法能满足人类的这种冲动。"这种冲动也促使几代科学家通过不懈的努力，于1839年由达盖尔向世界宣言摄影术的诞生。

很多人把摄影术的发明誉为人类历史上最伟大的发明，因为从科学和艺术的角度讲，以摄影为发端的新图像艺术群体的出现标志着艺术世界的一场真正革命。随着现代摄影技术、器材的日益发展更新，普通大众也可以拿起相机获取他们想要的画面。影像在我们的生活中越来越重要。科技的进步使人们越来越容易获取影像，但因为其易操作性和可复制性，使大多数人忽略了其重要的艺术价值和更为深层的人文内涵。

有了摄影，人类得以从新的视角来观察周围的世界，而且可以真实地反映现实、审视自身，它犹如一面镜子，帮助我们剖析生活中的美与丑。摄影拓宽了我们的视野，从宏观的宇宙世界到肉眼无法分辨的微观世界，它影响和改变了我们赖以生存的环境的各个领域，这些领域包括社会、科学、艺术、政治和历史。

二、摄影的发展

截至目前，人类的一项伟大发明——摄影术距今已经诞生170多年了。摄影术的诞生，向世界宣告了一个新的影像时代的到来，一个新的艺术形式的产生。摄影术的诞生，以其真实、快捷、大众化、可复制性迅速征服了世界。摄影术的诞生，使人类在观察自然景观和社会时有了第三只眼睛，可以用艺术的眼光观察自然现象和人类社会的发展，并以独特的艺术语言和光影效果开拓展示了人类理想世界的广阔领域。摄影术的诞生，以其直接目睹真实再现的逼真形象，分毫不差地展示其"百闻不如一见"的现场感和巧夺天工的艺术再现，凝固了无数珍贵的历史瞬间，使人类在100多年的发展史上有了真实可视的形象记录。正因为如此，有无数摄影家孜孜不断地探索，创作出无数令人赏心悦目的杰出作品和推动人类社会不断进步完善的发展的精心佳作。

摄影触及到人类社会的生活、工作的各个领域，是人类不可或缺的有力工具。进入21世纪，随着现代信息网络和数码相机技术的发展，从曝光长达12小时的不清晰影像到曝光只需1/12 000秒的高清影像。如此高速的发展，均离不开人类对影像信息记录和传播的极大需求，以及100多年来物理学、化学、光电学、电子学及机械制造业的发展。科学技术的发展又进一步促进了与摄影技术相关科技的发展。

在视觉传播发展过程中，摄影的发明具有划时代的伟大意义。德国现代卓有影响的思想家和文体家瓦尔特·本雅明曾预言"机械时代的复制艺术"的时代已经到来。现代社会对于摄影的需求和依赖更是达到了无以言表的地步。摄影术很快介入到人类的生活的各个方面，从科技到文化，从政治、经济到日常生活，摄影的作用无处不在。到今天，我们已经进入到了一个相对成熟的"图像时代"，电视、电影、互联网上的Flash、报纸杂志的图片，遍及城市各个空间的平面广告已经成为最基本的传播载体，并且从根本上改变了我们接受信息的习惯。

摄影的门类是摄影的历史发展中逐步形成的，其分类方法有很多种。从不同的角度，运用不同的方法，根据有无色彩的属性可分为：黑白摄影和彩色摄影；按照光的属性可以分为：可见光摄影、全息摄影、红外摄影、X光摄影；按照应用领域的不同可以分为：科技摄影、商业摄影、新闻摄影、教学摄影、军事摄影、文体摄影和生活摄影等；按照社会功能的不同可以分为：实用摄影、新闻摄影、社会纪实摄影、艺术摄影等。

三、产品摄影特性

按照其应用属性，产品摄影隶属于商业摄影的范畴，与广告推销有着密切的关系。产品摄影以传播产品信息功能为主要目标，这是产品摄影最为本质的特点。产品摄影在拍摄过程中必须充分体现产品的个性。摄影师在拍摄角度及手法、形式上尽最大可能地实现这些要求，表现对象必须是真实、清晰、可信的产品。而且在表现产品内容的时候，不允许选择。一般是产品选择摄影师，而不是摄影师选择产品。针对不同的产品，摄影师要根据策划思路和商品创意定位，尽最大努力去表现产品的"形象"。其创意必须围绕具体的产品来进行摄影创作。产品摄影在整体的商品策划营销中，摄影创意构思受到宣传内容的限制（图2-14、图2-15）。

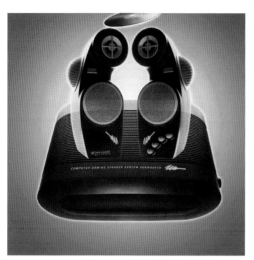

图2-14　音箱广告　　　　　　　　　　图2-15　笔记本电脑广告

产品摄影的最终目的既不是以审美为主，也不是反映摄影者的个人情感和思想，而是以传播产品信息和产品广告的意念为主要动机，具有为促销的目的的功利性。在表现手法上，产品摄影比一般的艺术摄影更需要丰富的技术和技巧，这种技术和技巧是建立在如实表现商品美感的基础上，产品的美源于产品自身的功能性，"如实地表现产品的美"是产品品质与功能的集中体现。

产品摄影是集科学、艺术、文化于一身，具有实用和审美双重价值，有目的性的审美创造活动。它主要是为市场经济服务，为产品的流通服务，为广大消费者服务，是直接促成广告对象让消费者乐于接受，有很强的市场营销目的性。

1. 产品摄影的商业性要求

产品摄影的创意属于商业活动。因此，为产品的用户负责，了解客户的构想，产品的个性等具有特别意义。同时，产品的设计者希望通对产品的理解和表现，与广大消费者进行交流。产品摄影师必须认真观察、研究表现对象和消费对象。正确确立产品的定位是非常重要的。

（1）对拍摄对象本质特征的认识。现代社会的产品种类繁多，人们往往注重品牌效应。它在某种程度上代表了使用者的身份和个性。人们对商品的某种"关爱"，给产品拍摄创作人员提供信息，在拍摄创意中，尽量体现出本质的特性和消费者容易接受的图像设计效果，尽可能满足一部分消费者，争取更多的消费者的共鸣。

（2）对拍摄对象造型特征的认识。每一种产品都由不同的质地材料组成，并有不同视角的造型特征。这里面要说清楚两个方面：第一是表现质地的特点，不同的质地可以表现出产品各自的性格和价值。尽可能拍得真实、生动，充分体现出本质的价值；第二是造型特点，不同的对象都有不同的造型特点，某种程度上体现其功能和使用性能相关联，并且不同对象均有一个最佳的角度来更好地体现其造型特点。"角度变、构图变。

不同的角度产生不同的视觉效果。常听人们讲：'某某人特别上相，某某人不上相。'用科学来分析，就是摄影师摄影拍摄角度选择的问题。产品摄影的特点是既要拍得像这种商品，让人们产生好感，又要拍得超越这种产品。充分表现它的优点，使人看后能引人入胜，发人深思，有很大的诱惑力"。

2. 产品摄影的艺术性要求

为了更好地达到传播效果，传达拍摄对象的本质特性和商业价值，一般性的拍摄是引不起别人的注意的。

从心理上诱导消费者使其产生购买或参与的欲望，是产品摄影的最终目的。如果产品在拍摄的过程中采用过于直截了当的手法，那么消费者觉得产品缺少吸引力，难以引起他们购买或参与的冲动。因此，面对消费者，产品的拍摄特点往往采用写意的方法，着重消费品的感情表达，通过构思巧妙、幽默，富有人情味的方式，让消费者不知不觉受到感染，"心甘情愿"地进入"圈套"。这种情感的力量越强大，对商品的推销作用越有效。出于这样一种艺术审美需要，在构思、拍摄过程中都可以根据需要尽情地夸张渲染，特别是面对一些不容易表现的产品，比如外形简单，或是性质特点难以通过照片展现的商品，更应该通过各种辅助手段，充分发挥摄影艺术的特长，努力以挖掘商品的形象性为基础，配合其他的可以烘托的因素，使画面语言引人入胜，达到预期效果。这时，即使将摄影的画面仅仅作为一幅艺术品来欣赏，也毫不逊色（图2-16、图2-17）。

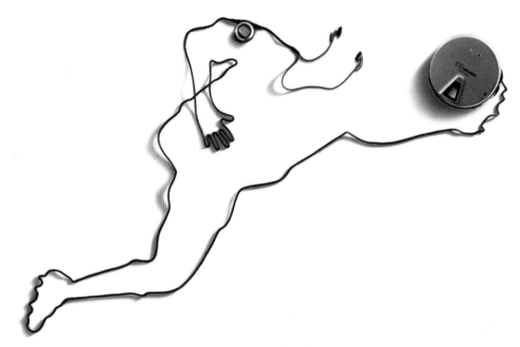

图 2-16 CD播放机广告

充分发挥摄影艺术的光影、色彩、构图等造型手段，将其最真实、最特殊、最完美的视觉信息传递给观众。产品摄影与其他艺术一样，只有经过加工的表现对象才具有创新性和感染力，才能给人留下深刻的印象。产品摄影商业性和艺术审美性是不可分割

的，产品为艺术确立主题，艺术为产品表现所运用，是商业特征和艺术审美表现的完美组合。

当然，产品摄影的艺术审美层次是多方面的，即使是面对同一商品的拍摄，摄影师也可以营造出不同的艺术氛围，给欣赏者以层出不穷的审美启示。

图2-17　CD首饰广告

通过分析可以看出广告摄影的审美角度是多方面的。一幅优秀的广告摄影作品，仅仅具有审美功能是不够的，而一幅缺乏艺术审美功能的产品摄影作品自然也是无法打动观众的。

第三节　商业摄影与媒介

广告摄影与媒介唇齿相依，广告摄影需要借助媒介的力量传播自身，媒体需要广告才能赖以生存。媒体的发展也是经历了漫长的发展历程，从最初的叫卖式的口头传播，到后来的印刷传递，到再往后的电子媒介，以及最新的网络媒介。广告摄影与不同的媒介结合在一起，因为不同的发布媒介能满足不同广告受众的需要，各有所长。

一、户外广告

这种较原始的传播方式，在今天依然有着旺盛的生命力。随着经济的迅猛发展，短短几年间，大大小小的广告灯箱牌已经挂满大街小巷，无处不在的广告信息无时不在冲击着我们的眼球。户外广告因其时效性强、信息传播率高而深受商家喜爱。但是也受到一些因素的影响，如地理位置、面积大小等。此外，还容易受到气候和人为的破坏。

二、报纸、杂志类广告

报刊媒体也是广告摄影常选用的媒介，报纸具有传递迅速、覆盖面大、可即时反映广告主意图等优点。但是也有印刷质量不能保证，寿命短，多以黑白图片为主等不足。

杂志广告虽然印刷质量高，有特定读者群，容易出效果等优点，但杂志传播速度慢，影响范围有限。

三、印刷品广告

我们这里所说的印刷品广告，主要指的是样本广告、招贴广告、包装广告、邮寄广告等形式。它们的共同特点是，印刷精美，针对性强，可反复阅读，但是其成本也较高。

四、影视广告

影视广告是电子媒介中最重要的形式，对广告摄影来说再重要不过了，因其覆盖面广、信息传播效果强、可重复播出等优点，而广受青睐。尤其是电视广告，广告主为了达到效果，不惜血本地投入，美国一家汽车企业拍电视广告甚至动用了航空母舰。当然其高昂的费用也决非一般企业所能承受。

五、网络媒介广告

随着互联网的发展，网络广告从无到有迅速发展，现在其广告额已经达到几百亿人民币，影响着人们的生活方式。其快捷、高效，借助网络连接的地球村，只要图片进入信息网络，只要你拥有一台电脑，就可以了解相关信息。其方便更改，阅读起来方便快捷。但是网络广告不像电视媒体那样具有强制力，因而其效果也就大大降低了。

第四节 商业摄影的评价标准

商业摄影作品与艺术摄影作品、记录摄影作品一样，都是图片摄影作品的子概念。商业摄影作品主要包括广告摄影作品、商业人像摄影作品、商业资料摄影作品和工艺摄影作品等。商业摄影作品的价值取向主要在于通过符合买方要求的具有一定艺术性的摄影作品形象，获得应用价值，或引起受众关注，引发受众某种行为的相关方面。

商业摄影作品的主要价值体现于兼顾买方要求和市场性审美追求这两个向度上的成熟程度。也正因为如此，商业摄影作品在拍摄方面，除了买方要求以及画面主体必须是由摄影手段获得的影像符号这两项限制外，没有其他限制。

当然，不同的国家（或地域）有不同的审美道德规范，商业摄影作品的内容也不例外地要在道德规范的要求之内。需要强调的是，商业摄影作品的直接内容以及潜在内涵均不能违反其主要发表（或应用）地域的宗教信仰和道德行为规范。除此之外，一切的拍摄特技、暗房特技或电脑特技都可以运用。

商业摄影作品的评价标准，首先是买方要求的实现程度，其次才是市场性审美追求实现程度的评价。商业摄影作品的买方要求，主要包括订购要求和潜在需求这两种类型。广告摄影作品、商业人像摄影作品、商业资料摄影作品等，多数都是在有了订购要求后，才开始进行拍摄的。只有工艺摄影作品在拍摄之前，多数没有订购要求，只是根据潜在的市场需求进行拍摄的。

商业摄影作品的订购要求，主要以合同（或协议）、口授和应知等三种形式对拍摄做出规定或限制。订购要求如果以合同（或协议）的形式提出，就要求拍摄时对于订购要求可确定内容予以100%的遵守，对于不可确定的内容尽可能地遵守。

所谓订购要求的可确定内容，指订购要求中，要求拍到的具象，以及具体的服装、道具、背景、角度、色调、用光等方面的要求。可确定内容一般都是明确的拍摄规定或画面要求。例如，男士香水广告摄影作品的可确定内容要求包括：（1）香水瓶应该在显著位置得到清晰展示；（2）被摄主体的使用对象是蓝眼睛白领阶层的男士；（3）服装感觉是夏季；（4）画面为冷色调（图2-18、图2-19）。

图 2-18　男士香水广告　　　　　　　　图 2-19　男士香水广告

　　可确定内容是相对于不可确定内容而言的。不可确定内容主要指一些抽象性的拍摄要求。例如，婚纱摄影作品的不可确定内容，常常是：（1）画面要拍得美观；（2）化妆和服装都必须好看；（3）要拍出新娘和新郎最灿烂的表情，尤其是要拍到新娘最漂亮的瞬间。这些内容虽然表达了买方要求，却因其太抽象而无法准确地根据拍摄效果进行衡量。换一句话说，订购要求中的不可确定内容，是难以进行判断拍摄完成与否的那部分内容。例如，买方提出拍摄效果好看、美观等要求，当摄影师认为好看时，买主未必认为好看；当摄影师认为画面美观了，买主未必认为美观。因此，这类要求就属于不可确定的要求。在这一方面，摄影主体具有一定的自主权（图2-20、图2-21）。

　　订购要求如果以口授的形式提出，拍摄时，对于其中可确定内容也应尽可能地遵守。口授形式的订购要求虽然不像合同形式那样必须完全遵守，却也是不得轻易改变的。当然，如果有充分理由可以向买方进行解释，最好在事先征得买方同意，再进行超越或违反口授订购相关要求的拍摄。

　　订购要求如果没有提出（这种情况在商业摄影中普遍存在），也要求拍摄时对于应该知道的订购要求可确定内容予以遵守。例如，拍摄没有订购要求的产品广告摄影作品，毋庸置疑，产品必须在画面显著位置，并得到良好效果的展示。商业摄影作品买方要求的潜在需求主要是针对工艺摄影作品而言。

　　所谓工艺摄影作品，指针对市场需求而拍摄制作的，具有平面装饰效果的商业摄影作品。工艺摄影作品主要呈现为挂历、台历、壁挂以及媒体用于装饰版面的样式。

　　买方要求的另一种类型——潜在需求。不像订购要求那样明确，一般由拍摄主体根

图 2-20　婚纱作品　　　　　　　　　　　　图 2-21　婚纱作品

据市场销售的行情进行评估。实践表明，以风光为题材，以花卉、动物、明星以及人体为画面主体的工艺摄影作品具有较大的市场潜在需求。

　　商业摄影作品遵守或实现了买方要求。比如以较高的价位售出，或者遇到较高价位的支付方，未必就应该获得高度评价。这是因为，对商业摄影作品的评价，还包括市场性审美追求的评价。否则，就变成哪一幅作品价位高，哪一幅作品就评价高。这并不符合作品评价的客观规律。

　　商业摄影作品市场性审美追求的评价，主要包括符合受众接受心理的审美评价以及表现的创新性评价这两个方面。符合受众接受心理的审美评价，直接的标准是要求商业摄影作品雅俗共赏。虽然这个标准看上去非常简单，其实一点儿也不简单。

　　雅俗共赏，用通俗一点儿的话来解释，就是指高雅的和普通的受众群体都喜欢看。如果换一个角度，也可以这样理解，雅俗共赏要求商业摄影作品能让摄影圈内的受众和摄影圈外的目标受众都予以审美方面的肯定。这种肯定，主要指对于摄影画面总体美观性的评价，也包括对摄影画面表达买方意图的方式（或方法）的评价，等等。

　　需要说明的是，目标受众指摄影作品预期获得认可的受众群体。在商业摄影范畴，目标受众的认可是最重要的评价标准之一。如果说，商业摄影作品拍摄的预期值在圈内受众（同行、专家受众群体）以及目标受众之间难以两全的时候，以买方立场来判断，当然是目标受众的感觉和评价，更为重要。

　　对于摄影画面总体美观性的评价，当然可以参照艺术摄影的一些评价标准。但是，过分的个性化，或者太朦胧、具有怪异感的构思等，未必都适合商业摄影作品。此外，无论商业摄影作品采取何种表达方式，其表达的意图必须明确，不可以让人一头雾水或者模棱两可。表现的创新性评价，指商业摄影作品在表达方式以及画面构图、用光、对比设计等方面，具有与以往不同的、新颖的、有艺术个性的变化。越是具有创新精神的作品，越应该受到好评。

综上所述，商业摄影作品的评价标准以符合买方要求为前提，以市场性审美评价高低为标准。这样的评价，有值得商榷或改进的方面。理论的问题，不必要求一下子就完全解决，也不必强求一下子就统一起来。只要本着科学的精神，求同存异地往前走，商业摄影作品的评价将会越来越理性，越来越符合市场经济和艺术交融在一起的评价规律（图2-22、图2-23）。

图2-22　[美国] 服饰广告　Stan Musilek 摄　　　　图2-23　[美国] 服饰广告　Stan Musilek 摄

第五节　商业广告摄影师

每当我看到一些美丽而新奇的广告照片，都会深深地佩服摄影师能够观察到一些平常不起眼的景物并把它们记录下来，他们用镜头告诉我们这是一个有趣的世界。要想成为广告摄影师，就决定了要比别人看到更深入的东西，无论是光影变化、质感差异或是人生百态。培养对事物的敏锐触觉，努力学习专业知识和技能，慢慢地，你就会深深地爱上摄影，并最终成为一位优秀的商业摄影师。

广告摄影师是广告摄影中的一个至关重要的环节，广告活动的各个环节需要分工合作，各个环节各有职责。广告摄影师的任务就是要完整准确地去表现创意，把商品信息转化为视觉形象信息。

一、善于沟通是赢得成功的开始

对于广告摄影师而言，拥有卓越的与市场、客户沟通的能力是比什么都重要的。

因为这是你赢得机会的开始。没有广泛的社会沟通能力，一个优秀的摄影师是很难立住脚的。

商业摄影师不可避免地需要直接面对市场。摄影师很独立，需要推销自己，首先你要和你的客户沟通，介绍你的作品集，并让其相信你的风格是与他们的目标一致，赢得客户信任。这是第一步。然后你才可能赢得拍摄任务，开始为他们的产品设计拍摄方案，如果这一切都使客户满意，你可以按照约定的方案开始工作。

正因为广告摄影在很大程度上受到市场和客户的制约。尤其是在我国，社会经济正处在转轨阶段，市场还不成熟，很多商家虽然在短时间内积累了许多财富，但其对应的文化素质并未同步提高，有的客户还没有认识到商业摄影应有的价值，这时就需要广告摄影师去做好沟通工作了。有的时候与社会各界的沟通要比完善自己的技术更能使一位广告摄影师获得成功！

二、卓越的专业能力是成功的关键

1. 高超的表现力

优秀的广告摄影师必须学会熟练地应用摄影的语言表现创意，这些摄影的语言包括线条的运用、影调的控制、色彩的把握等。恰当地运用这些语言，用它们创造充满思想和个性的视觉作品。

有时在给一些大公司拍摄作品时，会受到很多限制，他们会非常详细地告诉你各项细节，摄影师要做到的就是达到他们提出的要求，由于自由发挥的余地相对较小，高超的表现力显得尤为重要（图2-24、图2-25）。

图 2-24　食品广告　　　　　　　　　　图 2-25　食品广告

2. 丰富的想象力和创新精神

成功者告诉我们："杰出的商业摄影师应该是艺术实践的先锋，新的观念和新的表现形式不但乐于接受和尝试，而且会迅速地运用到商业摄影的实践当中去。"

创新精神是创作的根本，只有不断地创新，广告摄影才能有旺盛而鲜活的生命力，记得我看过这样一个真实的故事：在一次摄影学院的摄影课上，一位老师要让学生说出记忆最深的摄影家和他们的特点，一位同学干脆地回答："卡蒂埃·布勒松。"决定性瞬间，老师的回答更干脆："我们有过一个卡蒂埃·布勒松，不需要一百个。"这句话让我们在一秒钟内懂得了对大师的尊重与不拘泥之间的关系，懂得了创新对摄影的意义。

对于从事广告摄影的摄影师而言。摄影技术毋庸置疑地非常重要，可是表现风格和表达方式更为重要。在同行们都掌握了相同技术时，只有想象力才是最后属于自己的东西，只有想象力才是你立足的资本。

广告摄影发展到今天，技术因素已经不是主导因素。艺术的气氛、精妙的创意变得更为重要。现代设计理念和思潮深深地影响着现代广告摄影。摄影师还应学会用现代设计理论来指导拍摄实践。相信随着中国市场环境的逐步成熟，客户对商业摄影的艺术性会提出更高要求。

三、注重个人的综合素质培养

1. 拥有敏锐的艺术感觉

作为一名广告摄影师，时刻保持敏锐的艺术感觉是至关重要的，因为只有这样才能使我们创作出新意盎然的商业摄影作品。

摄影师应保持和提高敏锐的艺术感觉，既要在本领域有所建树，还需要不断地通过对相关艺术门类，如设计、绘画、雕塑、建筑、电影等广泛涉猎，去尝试不同的视觉感受，尝试各种可能的表现形式，以此来提高自身的综合素养。

2. 广博的知识积累

一位优秀的广告摄影师，其成功的作品都有一种很强的张力。这种张力是由内而外的，是多方面知识的积淀后，融合形成的内力的迸发，并赋予作品深刻的思想。广告摄影师的工作涉及面广，必须努力提高自己的修养，开拓自身的视野，多方面吸收营养，只有这样才能创作出超凡脱俗的作品来。

第六节　商业摄影的信息传递

广告摄影的首要目的是向消费者传递特定的商品信息。

广告摄影是借助摄影特征和摄影艺术语言进行商品宣传的一种摄影体裁，是服务于商业行为的图解性摄影艺术和摄影技术，是以现代摄影科技成果为基础，以当今影像文化为背景，以视觉传达原理为支点的一种独特摄影艺术表现手段。

评价一幅广告摄影作品的成功与否，除了广告摄影师奇特的创意和精湛的技术技巧之外，主要应看它对于消费者或其他广告对象影响力的大小，能否把所宣传商品推销出去。因此，一幅广告摄影作品不管它的表现形式多么完美，技术技巧多么精湛，如果它缺乏推销的力量，在进入消费者的视觉领域后，即便能够引起足够的审美效果，也无法刺激消费者的具体消费欲望或明确的参与行为，它就不能算是一幅成功的广告摄影作品。这种明显的功利性是广告摄影一个最显著的特点。

从我国目前媒体上刊登的一些广告摄影作品看，体现摄影师个人主观审美意识多了一些，注意技术技巧方面多了一些，没有真正做到了解市场、了解消费者的心理，没有将创意、技术技巧同市场调研、消费者心理研究以及商品信息传递有机地结合起来，以至于使一些广告摄影作品拍得像"静物"摄影，缺少像欧美广告摄影作品那种商业味，这是我国广告摄影师要认真考虑和加以改进的（图2-26、图2-27）。

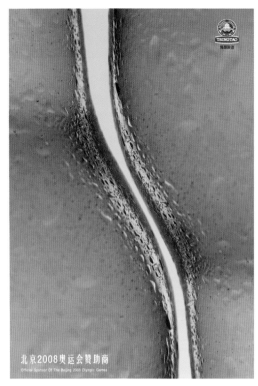

图 2-26　青岛啤酒广告　丰晓敏 摄　　　　　　图 2-27　皇太子伏特加　李 辉 摄

　　准确传递商品信息是广告摄影的生命力所在，也是一个广告摄影师综合能力的体现。广告摄影的主要目的是传递特定的商品信息，信息性是广告摄影的重要内涵与特征，也是与其他摄影艺术形式的重要区别。消费者对一幅广告摄影作品传递信息所感兴趣的是，它是否能最大限度地符合自己的实际利益和需要，是否真实可信。所以，传递信息的最终目的就是使消费者易于辨认、以理服人、可信感人，能够迅速地把握广告摄影作品信息的内涵，从而产生思想观念上的变化，最终促使其发生符合广告摄影作品目的的消费行为。如果一幅广告摄影作品向消费者传递的信息不准确，或者不充分，不能满足消费者的实际需求，就不可能打动消费者，达到促销目的。因此，广告摄影作品必须将特定的商品信息准确地传递给消费者，必须明确商品的市场定位，使作品不出现歧义，不被误解，这是广告摄影最基本的要求。准确、充分的商品信息传递是一幅广告摄影的价值和生命力所在，能否把准确充分的商品信息通过完美的画面形式展现在消费者面前，也是对一个广告摄影师综合素质的检验。

　　创造性地传递商品信息是创作一幅成功广告摄影作品的基本保证。

　　一幅优秀的广告摄影作品应该是内容与形式、思想性与艺术性高度完美的统一。概括地说，它应该包括以下三个基本条件：第一，主题鲜明。只有主题鲜明，信息准确集中，新颖生动，使人一目了然，才能有说服力和艺术感染力。第二，创意独特。一幅优秀的广告摄影作品应该有不同于一般个性美的情趣和意境，能给消费者以美的享受，从而引导消费者走进广告摄影作品要推销的商品服务。第三，技巧完美。广告摄影画面要有强烈的形式美感，有强烈的视觉冲击力，抓住消费者的视线，从而留下深刻的印象。

当然，要做到以上三点，首要的条件是要以创造性地向消费者传递商品信息为前提，一幅广告摄影的创作过程也就是创造性地向消费者传递特定商品信息的过程。

首先要做到主题鲜明，就要将广告摄影作品所要表达的商品信息以符合消费者的实际需求、审美观念以及能接受的方式融入所表达的对象之中，使广告摄影作品具有美学价值和特征，成为具有审美特征的艺术作品。广告摄影作品必须具备深刻的审美内涵，在赏心悦目的审美享受中给消费者留下深刻的印象（图2-28、图2-29）。

图 2-28　匡威广告　鲁承星 摄

其次，创意是整个广告摄影创作中不可缺少的重要环节，可以说，创意是广告摄影作品的灵魂，广告摄影的创意必须以传递最重要的商品销售信息为核心，广告摄影的创意过程，就是围绕最重要的商品信息，凭借

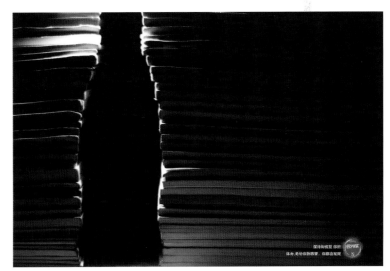

图 2-29　可口可乐广告　鲁克强 摄

直觉力和技能，利用所获取的各种创造元素进行筛选、提炼，组合、转化并加以原创性表现的过程，只有创造性地向消费者传递商品信息，才能创作出形式美的画面，做到创意新颖独特，将消费者瞬间的无意之中的目光吸引过来（图2-30、图2-31）。

最后，广告摄影作品最终是以画面的形式向消费者传递商品信息的，所以，广告摄影作品的画面必须有一个非常完美的艺术表现形式，广告摄影师在具体的拍摄过程中，只有在创造性地传递商品信息的基础上，才能调动一切技术手段，恰当地发挥各种信息构成要素的机能，充分展示所表现商品的形态、色彩、质感，以完美的技巧创作出一种独特的画面视觉效果，把广告信息集中有效地传递给消费者，给消费者留下深刻的印象，以达到刺激购买欲望、宣传品牌和促销的目的（图2-32、图2-33）。

图 2-30　天福杯广告　宋腾龙 摄

图 2-31　Tide洗衣粉广告　吴　洁 摄

图 2-32　手表广告　张　虎 摄

图 2-33　**手表广告**　张　虎摄

　　广告摄影是沟通企业、经营者、消费者三者之间的桥梁。广告摄影在模仿借鉴之外还要有新创意，不能只表现单纯的质感和光影，要把感觉表现出来。

复习思考问答题：

1. 产品摄影的商业性要求有哪些？

2. 商业摄影的传播媒介有哪些？

3. 商业摄影的评价标准是什么？

4. 商业摄影如何做到商品信息的准确传递？

第**3**章
商业摄影中意境表达

第一节 意境是摄影人思想的表现

广告摄影艺术作为一种特殊的精神生产，它的突出特点是把摄影家强烈的主观因素渗透到摄影创作之中，并且"物化"为艺术作品和艺术形象，因此，摄影家的内在精神世界显得尤其重要和突出。故摄影家自身的感受、意境、思想、心境、愿望、志趣等因素对于摄影创作活动都有着至关重要的作用。正因为如此，摄影家必须具有超出常人的丰富感受。杜勃罗留波夫曾经说过："在思想家与艺术家之间，还有这种区别，后者的感受力要远比前者生动得多，强烈得多，他们两者都是根据他们的意识已经接触到的事实，来提炼自己的世界观。可是一个感受力比较敏锐的人，一个有'艺术家气质'的人，当他在周围的现实世界中看到某一事物的最初事实时，他就会发生强烈的感动。"由此可见，作为摄影创作主体的摄影家，对待生活绝不能冷若冰霜，也不应像思想家、科学家那样冷静客观地对待事物。摄影家艺术修养的全过程，也是培养和陶冶自己深挚的艺术意境的过程。

意境，是人对客观现实的一种特殊反映形式，是人对客观事物所作出的一种心理反映，它不是对客观对象本身的反映，而是对对象与主体之间的某种关系的反映。具体地说，意境是人对自己、对自己与周围世界关系的一种主观态度和评价，它与人的需要、欲望和理想密切相关，具有强烈的主观倾向性。意境在审美心理活动中，一方面，诱发各种心理因素积极参与创造活动；另一方面，融入其他各个环节的心理活动中，使整个创作活动都感染上意境的色彩。在摄影艺术创作中，意境是形象思维的一种重要方式，正是意境的诱发，审美表象才升华为审美意象；在审美感知时，意境就会诱发形象记忆和情绪记忆以及形成一定的意境体验。海伦曼泽说过："视觉艺术的极致，在于利用具体的形象来表达难以具体化的感情。"同样，没有意境便没有摄影艺术。

艺术意境是伴随着体验生活能力、艺术构思能力和艺术表现能力的提高而逐步丰富和深挚起来的，在摄影创作的全过程中始终充满着艺术意境，没有意境的艺术形象是苍白的、无力的，没有生气和缺乏神韵。摄影作品之所以能以情动人，就在于摄影家在其中饱含着、凝聚着、燃烧着强烈的思想感情，艺术意境之所以成为艺术思维的重要特征之一，也在于在艺术思维的每一个环节都渗透着、伴随着与之相应的艺术意境。因为艺术意境是摄影工作者对客观事物所持态度的一种情绪体验，所以，只有具有深厚的艺术修养和对生活认识深刻的摄影家，才会在摄影创作中产生深刻而真挚的意境；才会在生活对象面前自觉产生"浮想联翩，夜不能寐"的艺术创作激情，才会在摄影作品中表现出感人至深的艺术形象。欧威特认为自己的摄影创作思想极为简单："我力图使观众获得快乐，但我首先要求的是富有意境、具有人性的照片。"

艺术欣赏中的共鸣是指欣赏中的一种心理现象，在欣赏过程中，欣赏者的思想感情同作品蕴涵的思想感情相通或基本一致，产生感应交流，引起一种强烈的情绪激动。托尔斯泰在《艺术论》中对共鸣的描述是："这种感觉的主要特点在于，感受者和艺术家那样融洽地结合在一起，以致感受者觉得那个作品不是其他什么人所创造的，而是他自己创造的，而且觉得这个作品所表达的一切正是他很早就已经想表达的。"将自我意识移入作品，意境物态化的作品对于欣赏者，产生"移他情"的魅力。艺术传递意境同时是一种双向运动：一方面是创作主体表现意境；一方面是鉴赏主体体验意境和生发意境。摄影艺术鉴赏活动中的意境主要来自三个方面：被摄对象的客观意境、摄影家的主观意境及鉴赏者生发的意境。画面上表现的"被摄对象的客观意境"其实并不"客观凝聚着摄影家的主观意境，而鉴赏者生发的意境也只是对这种意境的一种反映形式"。所以，鉴赏主体的意境活动，归根结底表现为两种形式：一是体验画面表现的意境和潜藏的意境；一是触景生情和生发的意境。在摄影艺术鉴赏时，鉴赏主体所体验的意境与生发的意境往往与创作主体表现的意境和鉴赏客体（作品）呈现的意境存在着不一致的现象。这种"不一致"源于客观和主观两方面的原因。客观因素是指内心意境的复杂性和转移性。意境往往是多种意境的并存，各种意境之间相互渗透、相互影响和相互转化。主观因素指摄影创作主体的态度和鉴赏主体的态度：鉴赏主体在体验作品的意境时，不可避免地受到自己生活经验、审美经验、文化修养、审美能力的影响，自觉或不自觉地按照自己的思想意境、审美理想和艺术情趣对画面意境进行"再创造"。一位西方的美学家举了这样一个例子：那些坐在船舱里读报的人们只是为了打发时间想尽快过河，而坐在甲板上欣赏景色的人们都是对旅途的短暂感到遗憾。对前一种人来说，过河是实际目的；对后一种人来说，浸沉于美景的欣赏，超越了他渡河的实际愿望，他获得的是一种审美经验。如此看来，产生意境共鸣主要看主体的意境态度。

综上所述，无论从意境的创造者还是观赏者都可以看出意境是人类思想的表达。作品中的意境是决定作品成败的关键，也是贯穿摄影艺术中最不可或缺的灵魂（图3-1、图3-2）。

图3-1 [瑞典] 牛奶广告 Alexander Crispin 摄

图 3-2　服饰化妆品广告

第二节　意境在商业摄影中的渗透

广告摄影师的思想感情与广告摄影作品展现的图形融合一致而形成的艺术境界，就是广告摄影的意境。毕加索曾说过："艺术是时代的索引，任何一个时代的特殊感情都会诱导出与这些意境一致的艺术形式。" 21世纪的今天，摄影艺术日新月异、空前发展，摄影文化的内涵也被赋予了新的意义：摄影已逐渐成为人们交流思想、表达意境的手段。意境在广告摄影中的表现也显得愈发重要。

意境在广告摄影中的渗透随处可见，比如我们搞摄影创作，一方面，总是离不开具体的拍摄对象；另一方面，作者也总是要通过拍摄对象来表达自己的某种思想和观点，抒发自己的某种心怀和感情。在这里，具体的拍摄对象就是所谓"景"，作者的思想感情就是所谓"情"，情和景二者在作品里互相融合，这就产生了一定的意境。例如，著名的伏特加酒的商业广告将自己定位在大欧洲的文化背景之上，并以此为中心，向世界各种文化推进；融合时尚元素，迎合人们对精神、文化与生活品质的永远追求，树立起一个高雅、智慧、自信、神秘的品牌形象；并且创造了一种全新的广告模式，它利用巧妙的合成手段达到了情与景的高度融合，整个广告简单、风趣、幽默、特点鲜明。既把产品的特征表达得一清二楚，又把自己的思想注入其中，与观者产生强烈的共鸣。缩短了广告和艺术的距离，这也就是意境的作用（图3-3、图3-4）。

图 3-3　皮鞋广告

图 3-4　啤酒广告

在当代，广告摄影界越来越自我意识到广告摄影也是一门艺术，越来越重视自身的历史。许多当代摄影师不仅仅是在表达商品的优良特征。同时，他们又致力于意境的表达，只有两者完美结合才能拍出成功的商业广告作品。如今摄影器材和设备已是如此精良，专业摄影师们因此必须去培养自己的艺术修养。这样，摄影师的艺术修养提高了，对事物的观察能力才会更加敏锐。作品中每个元素的出现都经过细致的考虑，巧妙地把意境之美融入到广告摄影之中。

第三节　意境在商业摄影中的几种方式

广告摄影在创造意境之美时，可以不拘于时间、空间的限制，充分发挥想象力，调动一切摄影手段，并借助其他艺术表现形式与技巧，使其造型语言和表现力更加丰富多样，广告摄影意境的表达方式主要分以下五种。

一、间接陪衬法

间接陪衬法就是用艺术化的表现方法渲染气氛，通过客体来引出产品的主体形式，作为视觉导入的手段，有助于丰富活跃画面，增添动感与色彩，使作品富有意境，更容易引起消费者的敏感和兴趣。如Levi's的这张广告摄影一眼望去，整个画面是一个表演芭蕾舞蹈的场面，但仔细看，你会看到画面中最突出的芭蕾舞者穿的是Levi's的牛仔裤，这从侧面告诉观者，Levi's的产品是多么受人喜爱，即使在这么高雅的场合下，舞者也不愿换掉自己心爱的Levi's牛

图3-5　Levi's牛仔裤广告

仔裤（图3-5）。画面中所有的舞者、礼服、背景、环境、光线等，这些元素的出现都是摄影师经过周密的计划和安排用来衬托产品的。它们的存在只是从侧面反映产品的优良特征。这种表现手法就是利用客体引导出产品主体，进而赋予产品生动的形象，令人回味无穷。

二、幽默夸张联想法

改变惯常的思维方式，打破广告摄影的时空限制，调动观众的联想，实现艺术与现实的转化，使画面更具创新与活力，将商品的自身魅力通过合理的变形夸张设计成一种既能引人发笑，又耐人寻味的幽默形式，这种方式既深化了广告表现主题，又扩大作品

表现内涵，富有意境，让消费者在笑声中不知不觉地接受商品的信息，印象深刻，产生较强的视觉记忆（图3-6~图3-9）。有一位著名的广告人说过，"一个广告能在你眼前停留5秒钟，那它就是成功的广告。"这样的作品你说你看过能马上忘记吗？答案肯定是：不会！

图 3-6　[德国] 酒店广告　Oliver Schwarzwald 摄

图 3-7　[德国] 酒店广告　Oliver Schwarzwald 摄

图 3-8　[德国] 酒店广告　Oliver Schwarzwald 摄

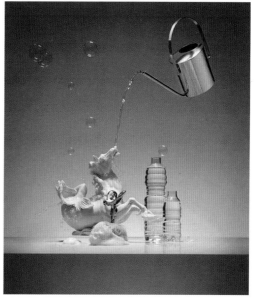

图 3-9　[德国] 酒店广告　Oliver Schwarzwald 摄

三、主题感情法

以情景交融的画面去感染消费者，将情与物默契组合，并带感情化，创造出摄影画面的意境，使广告信息"情"的概念印入消费者的记忆中。这种方法主要就是利用大家对某种事物有着共同的感情去吸引消费者。广告作品中常运用的感情就是：悲伤、高兴、爱情、亲情、死亡等，一般大家面对这些感情时，都会产生一定的共鸣。从而达到一种心与心之间的交流，主题感情法就是用这种情绪吸引消费者。这种方法利用得好，所带来的摄影意境往往具有震撼人心的效果（图3-10、图3-11）。

图 3-10　Mercedes-Benz跑车创意广告

RENAULT SERVICIOS. ABIERTO EN NAVIDADES.

图3-11　雷诺汽车广告

四、系列组合法

系列组合法就是利用多幅画面组合为消费者塑造一个整体的形象，看后有一定节奏感和流动感，给人的视觉创造出时间和空间意境的连续感，既可以反复强调突出商品的特征，也可以以某幅画面为中心，其他围绕中心自然展开，广告摄影的意境使消费者明确把握商品传递的信息。图3-12这幅VOV面膜的商业广告摄影师就利用多幅画面的组合，一切都是为了表现韩国VOV化妆品株式会所清新健康的理念。画面中以各种水果作为体现产品形象的载体，反映了商品的特性，含有各种水果天然成分的面膜令肌肤富有光泽，给肌肤带来源源不断的营养，让肌肤的每一个细胞都充分地吸收，由内而外焕发健康青春的光泽。画面的重复出现不但拥有一定的节奏感，而且反复强调了主题。

图3-12　VOV面膜广告　于晨晨 摄

五、视觉要素组合法

多借助于现代科技和视觉表达方式，各种要素组合能使广告摄影表达更加新颖，更

图3-13　雀巢咖啡广告　闫 娣摄

图3-14　雀巢咖啡广告　闫 娣摄

具艺术性、多样性，更丰富商品的特征，以全新的视觉感受提高画面的视觉冲击力。可以在有限的表现空间范围内注入无限的艺术表现魅力。其手法主要是将真实的场景拍摄下来后，根据创意需要，将各种要素重新组合，通过电脑技术形成新的视觉形象，完全打破人们常规的审美思维习惯，形成一种"真实的谎言"的意境（图3-13、图3-14）。

上述五种方法虽能使作品具有意境之美，但我们在运用过程中关键在于克服创作时的图解化和雷同化，用"寓情于人，借人表意"、"寓情于物，借物寄意"、"寓情于景，借景抒情"的表现手法，藏弦外之音，寓不尽之意。这种境界便是我们所应探讨和学习的。

第四节　意境在商业摄影中的作用

"意境"，是我国传统美学中的一个重要范畴，它是构成艺术美不可缺少的因素，历来受到推崇，研究者甚多。毫无疑问地被作为评价一般抒情性作品水平的一个重要标准。意境在广告摄影中有什么具体的作用？首先有意境的作品情景交融、意趣高雅、引人入胜，能更好地吸引消费者的眼球，达到一定的商业目的。再次，广告摄影意境是摄影人思想和艺术修养的体现。它能够更好地与消费者拉近距离，它能够影响消费者的认知反应，进而间接地影响消费者对产品的态度。而且这种感情最终还可以转化为消费者使用体验。根据行为学中对态度的定义，态度包括认知成分、情感成分和行为意识三个成分。在这三种成分中，情感成分在态度的改变上起主要作用。情感诉求是最具人情味的广告，它让消费者在感情上产生共鸣，从而在产品与消费者之间建起一种好感，使消费者乐于接受该产品。总之，广告摄影作品目标受众是消费者，而今天的消费者也不再

图 3-15　喜力啤酒广告

是纯粹地追求物质满足，他们不仅要求广告能告知他们商品的信息，而且要求商品信息有艺术性和娱乐性，满足其心理上的审美需要。所以，具有意境美的广告总是容易引起消费者的注意与兴趣，赋予产品最深或最大限度的附加值，从而提供给顾客一个最有力的消费理由（图3–15、图3–16）。

图 3–16　喜力啤酒广告

复习思考问答题：

1. 摄影艺术鉴赏活动中的意境主要来自哪三个方面？

2. 意境是如何在商业摄影中进行渗透的？

3. 意境在商业摄影中常见的表现方式有哪些？

4. 意境在商业摄影中的作用是什么？

第4章
商业摄影创意与创造性思维

第一节 广告摄影的创意特性与创意诱导

所谓创意，是用通俗的语言来解释，就是利用摄影技术，运用具有独创性的好主意、好办法、好点子来表现产品。创意是广告摄影的灵魂，如果一个摄影广告仅有明确的主题，没有一个卓越的创意，它只能再现商品的表层，而不能表现产品的本质。因此，产品摄影有无创意、创意表现是否正确，是决定产品摄影作品成败的关键。广告摄影创意是一种狭义的概念，是指广告对象视觉化的阶段。为实现广告策划中的广告摄影主题而图像化的"金点子"，在实际操作中，称为广告摄影创意。

创意，英文是Creative，即打破原有的传统，创新、创造、创建的意思。也可理解为 "创造意象之意"。产品摄影的创意是介于产品的广告策划与表现制作之间的艺术构思活动。即根据产品宣传的主题，运用艺术手段，经过精心思考和策划，把应有的元素经艺术加工进行创造性组合，塑造一个意象的过程。随着社会的高速发展，越来越多的有效信息被淹没在产品广告中。一个好的产品摄影创意，能够在一瞬间吸引人们的眼球，让人不自觉地进入产品摄影的画面中，使之与观者进行沟通。每个经典创意都有其独特的创意特点，很难拿出一个界定的标准来衡量它们，但又值得确定的是除了前期设计、拍摄和后期制作方面的过程因素外，至关重要的是"创意"的运用（图4-1、图4-2）。

广告摄影创意是广告促销活动中摄影对象制作的核心，是具体表现对象，

图 4-1 数码相机感光元件广告

图 4-2 索尼耳机广告

通过构思、创新、视觉化、艺术化、形象化的过程。广告摄影创意的好坏不仅是表现艺术的问题，还有整体广告策划、定位是否准确，有没有达到广告的预定目标的问题。广告摄影是在这个基础上的再创作、延续的过程，但也非常重要，是关系到整个广告计划成败的关键部分。广告摄影拍摄的"再创作"指的是在整体画面创意的基础上，由摄影师对画面构成、色彩等要素从摄影技术角度上作进一步的调整，而摄影高手则会将自己的画面风格个性巧妙地融合到整体创意中去。

创造性思维是指打破常规，开拓创新的思维形式。创造性思维是各种思维形式的综合运用，具有科学思维的本质特征。在思维过程中，再现性思维本质上不产生新的东西，是自然物质的重新再现。创造之意在于想出新的理论，作出新的成绩。创造性思维的本质特征是开拓和创新，是能动的思维形式，拍摄者在长期的创作过程中，思维做多方面的运动，从不同的角度展开想象，提出问题，将各方面的知识、信息材料加以综合运用，其中包括各种思维形式，如形象思维、抽象思维、灵感思维等。创造性思维是各种思维形式的协调和统一，是高效综合运用和不断辩证发展的思维过程，是在创造活动中表现出来的具有独创性的，产生新事物的高级、复杂的思维活动。

创造性思维具备若干要素，如求异性思维及求同性思维、直觉思维和灵感思维，以及创造性想象等。

摄影的创造性思维依赖人脑对事物的直觉性观察和思考。直觉思维是人们对事物的直接观察和感受到的生动知觉印象。摄影者在进行创作活动时，首先就要对自然物质进行直接观察，把握第一印象，取得第一手资料，再通过联想与想象之间的反复作用，从整体上进行归纳和总结，创作出令人满意的作品。一切艺术创作活动都离不开想象。想象是人脑所具有的特殊功能之一，它通过对记忆中的表象进行加工从而得到创造性的形象。想象是一切艺术创作活动的先导，它有着极大的自由度和思维活动空间，与人的情感、个性、思想意识、信仰追求等有着密切的联系。创造性思维离不开创造性想象，两者密不可分。爱因斯坦曾说过："想象力比知识更重要，因为知识是有限的，而想象力概括着世界上的一切，推动着进步，并且是知识进化的源泉。"创造性思维还包括思维中的幻想成分和非智力因素中的各种潜能的发挥。另外，对摄影艺术浓厚的兴趣、真诚的追求、热情的向往和饱满的精神状态，是创造性思维发挥和拓展不可缺少的条件。

第二节　商业摄影创意的必要性

早期的产品摄影，受到摄影技术条件的限制和影响，谁拥有先进设备、谁拥有最先进的技术，谁就可以出人头地，例如拍摄超大尺寸清晰度极佳的产品照片，无须更奇妙的创意表现，就可以一鸣惊人，获得有力的广告效果。但是今天，先进的摄影技术迅速普及，产品信息也随之迅速传播，商业摄影的发展已不是早期以技术为主导的发展时期，而是进入了以创意为主导的发展时期。我们祖先创造的造纸术、印刷术等人类文明，通过丝绸之路，经过数百年才传到西方。而今天的某一科技发明，通过网络信息可以迅速传播。摄影技术也一样，今天已没有什么真正的意义的"秘密"，商业广告也已不靠此道发迹。真正大获成功的广告作品无一不是靠"创意"的突发奇想、精妙新颖的形象和令人意想不到的创意情节取胜。

　　我国产品摄影近20年来经历着从无序到有序、从混沌向规范的发展历程，上世纪90年代后期才形成以广州、上海、北京为代表的较为稳定的市场环境，进而构成了现在的基本格局。产品摄影作为一个市场类别从沙龙、纪实摄影中剥离，初步形成了一个独特的产业。与国外相比，我国产品摄影在技术设备方面差距已不明显，但在广告创意方面还有很大差距，缺乏对市场、消费者心理的了解，缺少将创意、技术技巧同市场调研、消费者心理研究有机结合的广告摄影作品。有的作品则抄袭与模仿国外，使受众看到摄影广告有似曾相识的感觉，对产品和品牌产生迷惑，导致产品个性的缺失；有的广告主因对消费者的需求和广告专业知识了解不足，对产品的摄影制作过多干涉，更不顾作者的创意，也影响广告摄影的效果。

　　创意是表现产品广告主题的新颖构想和意念，是好的想法和主意，是广告表现的灵魂，是使之具有说服力和感染力的要素，是消费者对广告增加注意值的基本动力。广告创意在复杂的思维过程中，需要付出艰苦的思维劳动才可得到。创意在广告摄影的创作过程中具有主要的意义，因此创意也是决定广告作品成败的基础。

　　创意的中心任务是表现产品的广告主题。主题对创意有决定性作用，切不可离开主题去主观臆断。创意要根据广告主题的表达要求，恰如其分地运用特有的艺术手段，创作出新颖独特的广告作品。美国著名广告人威廉·彭克立说："我们没有时间也没有金钱，容许大量使用以及不断重复的广告内容。我们呼唤我们的盟友——创意。"要使观众在一瞬间产生惊叹，立即明白商品的优势，而且永不忘记，这就是创意的真正目的（图4-3、图4-4）。

图 4-3　汽车广告

图 4-4　汽车广告

　　产品摄影是将产品广告创意视觉化的创作过程，视觉化图形因其独特的形象语言更能表现出具体的产品与劳务，在表达上比语言文字有更卓越的表现力。当今产品广告视觉化的过程，需要摄影这一技术通过媒介有效技术手段支持才能完成。

成功的广告创意在于它的想象力和独创性，这便是"新"和"奇"的意境。在信息时代迅速膨胀的广告业，使广告数量呈天文数字。美国人曾作过统计，每个美国人每天接触的广告频率超过 2000 次。面对多如牛毛的广告，人们不知所措，早已产生了厌倦和烦恼，对广告不屑一顾或置之不理已是人们普遍对广告的态度。因此，当代广告设计师和摄影师们才把广告创意提到最主要的位置上。他们刻意追求新、奇的广告形象与表现，欲把人们的注意视线重新拉回到广告上来。在以广告创意为主导的今天，追求新、奇已成为整个广告世界的潮流。

想象，摄影创意成败的关键。从摄影本身的形式上看，摄影创意首先源于人们对传统形式的不满足。无数的摄影师在170多年的摄影历史中创造了难以计数的范例，使后来每走一步都会感到异常艰难。中国摄影家王文澜说过一段很有意味的话："我们已经被前辈的杰作驱赶到可以借鉴而不允许重复的境地了，也许这就叫做置之死地而后生。"他的这段话提醒人们注意包括摄影技术技巧和观念在内的各种创意求新的重要性。事实上，画面上的创意设计并非那么简单，由于每一个摄影师都不免经历一个模仿名作以提高记忆的入门阶段。因此，如果只知道因循守旧，时间一长，势必在习惯性的模仿中使构图语言老化，思路狭窄，真正需要创意时，却不知从何下手。由此可见，创意是艰难的，惟其艰难，才需要殚精竭虑，努力摆脱既有的习惯思维，走向新的成功。

从形式上看，创意首先要限定一个方向，有一个非常明确的目标，然后才开始发挥创意摄影的原动力——想象，开始在画面上海阔天空地创造。

想象，作为人类"最杰出的艺术本领"，在摄影创意构思中起着至关重要的作用，是摄影创意成败的关键所在。摄影创作是摄影家对现实世界的一种艺术反映活动，其创作需经过巧妙的艺术构思。构思是摄影创作的中心环节，包含着感觉、知觉、记忆、思维和想象等心理活动（图4-5、图4-6）。

想象，是指创作作品之前所进行的创造性和主观性的探索思维过程。具体说，就是在未正式拍摄之前，先在自己的脑海中对所要拍摄的物体有意识地形成一个最后要得到的影像。也可以认为在创作的时候，要进一步洞察被摄体的后期影像成像后所能表现出的潜在影像。从摄影的角度来观察我们周围的世界就是"想象"。我们必须对要表现的被摄体进行分析和研究，找出它的意义、形态、纹理和色调之间的相互关系，使我们在拍摄的过程中采取适当的措施，把想象中的影像变为现实影像。古希腊美学家亚里士多德认为："想象力是发明、发现及其他创造活动的源泉。"对于一个摄影创作者来说，能否用照相机记录不断变化的瞬间来表达自己的想象空间和感情，想象起着关键作用，想象作为创作活动中的重要心理因素渗透到整个艺术构思活动中，对客观现实在某一阶段也保持着特定的情感态度。摄影是光影艺术、造型艺术，也是情感艺术，作为摄影者，采用什么样的光线、构图和影调，运用何种想象思维则会构成相应的作品风格。一幅优秀的摄影创意作品即摄影者的心理情感活动的表现和记录，而想象的变化亦即表现在作品上。好的摄影艺术作品能给人以美的感受和遐想，而摄影的本质正是对光影瞬间的客观记录，也是以光影形成造型手段来表现审美情感的艺术形式。通过创造性的审美形象来变现摄影者的精神、气质，熔铸和渗透摄影者的思想感情、学识修养（图4-7）。

图 4-5　酒类广告

图 4-6　酒类广告

图 4-7　耐克运动鞋广告

　　通过创意构思类的摄影，诸如静物摄影、产品摄影、创意摄影等，大都是按照摄影者心中构思的那个画面安排和选取被摄对象的。这个心中构想画面就是想象出来的。想象活动是人类心理的高级思想活动。虽然它在人脑中是先于现实就形成的，但不是凭空想象出来的。

　　想象可以使摄影者超越现有的局限，创作出丰富的作品。而每个人都有具象的潜能，我们要挖掘这种天资。想象丰富的摄影者，都是以一定的自身性格、兴趣、审美等为基础的，在遇到一个被摄体时，不仅看到其外在的东西，并能根据其外表展开想象，更能够挖掘其内在的美，能在脑海中形成预先想象的影像，综合运用储备的知识展开想象。丰富的想象力和创造力的第一步是要有独创性，独创性是创作中创新的源泉，应充分发挥想象在作品中的创作力，因为与众不同的作品总比普通的作品被更多的人所喜爱。想象的本质来源于经验的储存和认识的深度，想象是摄影家进行艺术创作的重要手段，创作实践证明，摄影离不开想象，想象为摄影创作开拓了更多空间。是长期生活经验的积累，是艺术家通过思维活动对现实生活中的事物产生的一种新形象，它既来源于现实生活，又高于现实生活。

第三节　商业摄影创意的表述特征

产品摄影首先是摄影的一个门类。产品摄影创意的表述特征与新闻摄影、科技摄影、艺术摄影等门类有着许多共同之处，但又有一些区别。创意从本质上来说是一种创造性的思维活动。它与一般的思维活动有所不同，除了具备思维的自主性、求异性、联动性、跨越性、顿悟性和辩证综合性等，还要具有思维的转换这一本质的特征。

一、创意的形象性表达

摄影具有真实记录客观事物具体形象的特性。产品"钟情"于摄影，正是由于看到了摄影所具有的逼真的形象性语言。有这样一个故事：一个偏远地区的人，为没有见过饺子而想象不出其模样，于是，他向吃过饺子的人请教。这个人想了想，说："饺子的样子像耳朵，外面是面粉，里面是肉馅，吃之前，在水里像鱼一样游来游去。"可是听了之后，他还是想象不出饺子的样子。用语言文字来描述说明一样东西，远远不如图片的形象性语言那样准确、清楚，直观、真实。如汽车、家具、家电、首饰、手表等一些现代设计产品，凡是需要靠形象来展示其特征的产品，都离不开摄影。

图4-8是一幅惠普笔记本电脑广告作品，摄影师巧妙地利用陪体的材质、造型、色彩、光线以及其功能性与作为主体形象的惠普笔记本形成了强烈的对比，向读者展示了产品的外观和打开后的显示屏及操作键盘结构，使简洁的画面产生灵动和跳跃的元素，

图 4-8　惠普笔记本广告

映衬了产品时尚灵便、质量上乘的品质。

产品摄影形象地再现产品的外观、结构特征。虽然，每个产品都具有直观的外观形象，但抽象的产品特性却是难于直观表现的，如化妆品的嗅觉，食品、饮料的味觉，音响器材的听觉等，所以，我们只能使用形象化的摄影创意语言来表现产品，才能为人们所接受。便于人们通过摄影图像对实用产品进行快速的分析从而产生购买欲望。

从信息传播的角度看，不同国家、民族、地域之间语言文字的差异，影响了人们之间的信息交流。随着经济的全球化和多元化发展，促使工业产品极大丰富，企业的销售竞争达到了白热化的程度，在这种情况下，迫使更多的企业走出国门，推销自己的产品。形象性的摄影语言已成为人类共享的"世界语"。

通过创造性想象进行形象思维被称之为创意，摄影创意是对物体原本形象进行加工改造，以创造出来新形象的过程。古希腊美学家亚里士多德认为：想象力是发明、发现及其他创造活动的源泉。当一个摄影创作者面对冰冷的工业产品时，能否用形象性的摄影视觉语言来表达自己的想象空间，也反映出摄影师的审美及艺术修养。因此，形象性是产品摄影创意语言最基本的表述特征。

谈及产品摄影的创意思维，首先，它是以产品的形象性为基础的。任何一种产品的创意构思都是以产品形象塑造为主的，当确立主题、选准主题（商品或宣传对象）后，就应考虑如何在画面结构中使主体形象得以完美解析，进而表现主题、传达创意思想，获得读者的关注。无论是写实性、写意性或情节性广告，在展现产品形象，揭示内在特质或通过情节展现内在主题时，其展现手法与展示形式都应符合逻辑思维。产品摄影的形象性语言一旦成为"类象"，其"形象"又被人们普遍接受时，这"形象"就成了产品的"生命"。

二、创意的可信性表达

记录客观真实是摄影术发明的目的。无论是现代的电子感光系统，还是传统的胶片记录影像的光化学特性，抑或是照相机的光学成像系统特性，都决定了摄影所具有的真实可信的科学属性。与绘画、文字和其他造型技法的人为随意性相比，实证、可信的摄影更具备明显优势。

虽然现代摄影已经达到运用夸张、变形、组合等特技手段，改变被摄体的原有外貌的目的，受摄影审美定式的影响，人们对产品摄影表现的产品形象仍然会相当信任（图4-9、图4-10）。

图4-9　香水广告

图 4-10 [英国] 食品广告 Carl Warner 摄

可信性与艺术的假设性并不矛盾，艺术的假设性建立在艺术虚构之上，与假广告完全不同。作为产品摄影的创意，虽然首先要着眼于广告的艺术感染力和视觉冲击力，但要以一定可信、求实为前提，在求实的基础上求美。弄虚作假所带来的负面结果大于产品的真实效果。因此，产品创意的真实可信性与艺术的假设性是统一的。

三、创意的艺术性表达

什么是产品摄影的艺术性？答案是：如实地表现产品的美。

产品的美源于产品自身的功能性，"如实地表现产品的美"是产品品质与功能的集中体现。

由于人的审美需要与形式感的密切联系，审美能力首先并集中地表现为审美感觉力。人的感觉是人脑通过感官和神经系统对现实事物属性的直观反映，认识世界从"感觉"开始。不通过感觉，我们不能知道实物的任何形式，也不能知道运动的任何形式。认识世界最简单、最低级却又极为复杂的心理现象被称之为"感觉"，对色彩、音乐、形体等形式因素敏锐的识别就是人的"审美力"。绣女可以把一种颜色精细地划分上百种或更多的层次，感觉的细腻使其作品更加光彩照人。乐队指挥能听出庞大乐队里某一乐器演奏的失误或某人偶尔的走调，尽管只相差半个音。画家对色彩、光线、线条的敏感与雕塑家对形体、块面、质地的感受都异乎常人。为此，摄影家应尽可能地调动摄影光线、影调、色彩、质感等造型手段，艺术地表现产品的特征，充分体现产品品质与功能，并以赏心悦目的形式美吸引人们的视线，激发人们的购买欲望。

掌握好摄影的光影造型语言、色彩语言与画面的结构语言，对那些需要直接展示外形特征的产品就显得格外重要。

在拍摄产品的广告时，将产品放在什么环境中，怎样的角度与景别以及如何布光，都需要摄影师恰到好处地做好艺术处理。对于拍产品广告来说，高超的摄影技术会成为强大的支撑，但技术并不等同于艺术表现。随着数字摄影技术的出现和普及，数字技术使摄影者"如虎添翼"，有了空前的想象自由，摄影技术的竞争逐渐被淡化，于是艺术的观念竞争变得异常激烈。大师的诞生往往就是在一个独特的创意之间。可以这么说，面对数码技术的竞争关键不在于技术，而在于思维方式。任何一次技术的革命都会在某种程度上推动人的思维方式的飞跃。掌握一门技术并不难，难的是利用好这种技术，释放心灵能量，实现与以往不同的飞跃。摄影师独到的艺术视角将会在数码领域中发挥更出色，数码影像将带来全新的摄影观念和社会观念。例如拍摄汽车广告，许多人认为是产品摄影中较困难的题材。这不仅仅是由于产品体积过大，一般的影室条件难以承担，更困难的是布光与曝光的把握。如果在室内充足的光线下拍摄汽车，经测量得知，其最亮的部位与最暗的部位的亮度差大约为一万倍，即汽车的亮度范围比是10 000∶1。而我们使用的相机电子感光系统的宽容度远没有达到表现汽车各个部位的细节的实际需要。显然，只靠技术手段是无能为力的。解决的办法只有靠产品定位或者表现车体的造型，或者表现某一局部，或者发挥想象力，克服摄影技术的局限，去做创意的艺术处理（图4-11、图4-12）。

图4-11　[西班牙]汽车广告　　　　　图4-12　[意大利] 汽车广告　　Tranchellini 摄
　　　　　ROCA Estudio 摄

安排一定的情节，造成戏剧性的效果，也是产品摄影艺术性表述的一种表现。其艺术的感染力是一般产品介绍性广告所难以达到的。

在今天以人为本的经济社会，作为产品表现的形式，产品摄影必须注重消费者物质层面与精神层面，以精神层面为主来实现产品信息的有效传播。只有渗透温情、人性与人文关怀，富有爱心和生活气息，摄影创意才能令人产生共鸣，才能在沟通交流中不断焕发活力。因此，产品摄影创意要在产品的刻画手法上凸显与产品相关的青春、爱情、友情、亲情等生活气息，以彰显身份地位。

四、创意的独创性表达

创意，意味着独创、与众不同。产品广告成功的保证是独特新颖的创意，凡是效果非凡的产品摄影广告几乎都具有强烈的独创性。这就要求创意者打破现状，营造变化，变化越求奇新，因刺激而激发的反映也就越强烈。独特的广告创意通常不过是常规的组合，我们不应该把广告创意神秘化，关键是运用创新思维把常规的事物综合成"新颖独特、有文化味、具有吸引力"的广告摄影作品（图4-13、图4-14）。

图 4-13 首饰广告   图 4-14 首饰广告

五、创意的实用性表达

产品摄影是一门劝说的艺术，其目的就是劝说顾客或者潜在顾客购买产品。商业广告是为提高市场占有率，扩大销售。因此，产品摄影创意的表述必须服从促销意图。

创意的实用性还在于创立名牌，扩大企业影响力，建立并固化社会对企业的信赖与好感，使企业在市场竞争中立于不败之地，并树立起良好的形象；其次，也有助于顾客增长生活用品与生产工具方面的知识，获得市场信息寻求职业或各种服务；此外，还能促使企业提高产品质量，革新生产技术，优化服务设施与服务态度，使市场经济处于良好的循环状态。

综上所述，产品摄影创意的表述特征因其直观的形象性、感人的艺术性、逼真的可信性、创意的独创性以及社会使用性，使产品摄影在无限广阔的天地里发挥着自己的特长。

第四节 商业摄影的创意表现手法

摄影创意表现中，摄影广告以再现并美化被摄产品而备受青睐。作品中创意语言的情感融入使创意者与受众的情感诉求之间有了碰撞，传达情意的作品产生强大的吸引力，获得更大的经济效益和社会效益。

为使产品摄影的创意更加生动、活泼，引人瞩目，创意语言的表现形式上要勇于不断地创新突破。摄影作为一种年轻的艺术形式，在表现方法上与其他的视觉艺术形式有许多相通之处，大胆地学习借鉴其他艺术门类的成功之处，对于产品摄影的创意有很大帮助。

一、写实性表现手法

运用摄影写实的表现特性，如实、直观地展示产品和主体，写实表现方法的运用在产品摄影中是最常见的和最广泛的。主要是直接描绘产品形象，用现实主义表现手法刻画产品质感、形态、功能和用途，渲染产品的精美画面，引人入胜地将产品呈现在消费者面前，用真实感使消费者对所宣传的产品感到亲切和信任。

一般来说，写实性画面的述理性较强，它们多以产品的外部造型或可能表现的内部结构为主体对象。借助于对商品直观描写，能够让读者多了解产品，并自觉与同类产品相比较，打定主意选购。因此，这种表现形式的推销意识很强。这里画面表现的主体是商品本身。在创作上主要从产品上打主意、想点子，在充分展现商品的造型、质感和独特优点的前提下，尽量把产品拍得标新立异、独树一帜。而这些都需要摄影师从光影构成、色彩、影调、线条的选择与提炼，以及对背景、陪体的和谐与对比使用来达到。这样，这种写实性已不是产品在一般条件下的纯客观的再现，它已渗入了创意人员的审美要求和摄影师的风格特征。

采用写实的表现手法需要考虑产品的要求，不能对产品进行任何"变形"处理。还应该注意画面上产品的组合，构图严谨，静中有动，艺术表现力要强，突出产品的主题特征，协调好画面其他元素的关系，这样才能使画面具有视觉冲击力。这样摄影表现的方法常用于工业产品设计，由于直接将产品推向消费者面前，所以要十分注意画面组合和产品展示角度，着力突出产品品牌，着力表现产品本身最容易打动人心的部位，运用色光和背景的烘托，使产品置身于极具感染力的空间，这样才能增强视觉冲击力（图4-15、图4-16）。

图 4-15　酒类广告

图 4-16　酒类广告

在产品摄影画面中，产品是主体形象，画面其他元素的出现只是烘托主体的作用，或是对产品进行功能性的说明。产品是主体，占画面的主要部分，并在宾主地位上、虚实对比上、色彩关系上都要让产品唱主角，这样就要在构图及拍摄技术上将画面其他元素适当弱化。产品是广告画面中的第一信息，摄影师应注意产品与其他元素之间合情合理的关系位置，以便完美地表现产品的形态与质感，而其他元素为画面的产品主体的表达创造了更好的气氛。摄影艺术最基本的造型语言是色彩、影调、线条。它们都因与人们的生活经验和心理反应有长期而广泛的联系而积淀了明显的感情特征。摄影师利用摄影的造型语言来表现被摄体的外貌特征，进行理性的描述，传递产品的信息，这显然是不够的，只有当摄影师把造型语言的感情特征结合产品本身所表现的个性特征巧妙地结合起来，它才能动员起这些造型语言的积极情感力量，表达出强烈的画面形象的感情倾向。摄影师对造型语言的驾驭功力就表现在用创造出的形象的理性吸引顾客的注意力，用感情的特征来感动顾客，并把两者结合在一起的拍摄技术来强化产品的美与个性（图4-17、图4-18）。

图 4-17　文具类广告

写实性画面创意难。难在这类画面太多，要想超凡越圣实为不易。拍摄也难，难在全凭摄影师对创意的把握和对摄影语言的运用，无法取巧。至于优点，写实性画面容易把产品形象塑造得实在、清楚、明了，向读者传播的信息量大。缺点则是所有特性均直观明了，让人一览无余，言尽意尽。

二、写意性表现手法

当今，作为产品的一种表现形式，产品摄影在以人为本的经济社会，必须注重消费者物质层面与精神层面，并以精神层面为主的需求，实现产品信息的有效传播。产品摄影的创意只有渗透人心、人

图 4-18　[美国] 化妆品广告　Shu Akashi Studio 摄

情、人性与人文关怀，充满爱心，富于生活气息，才能令人产生共鸣，才能在沟通交流中焕发活力。

挖掘产品的情感因素，使产品的艺术再现于观众面前，激发消费者的欲望需要用形象简明、通俗易懂，以及富有人情味的摄影语言。这样才能反映产品的材质、功能、特点及设计理念。给产品以富有人情味的感情色彩，化平凡为神奇，让受众动情，在快乐的意境中获得美的享受。

当读者对产品的形貌熟知后，便没有必要再去反复地在广告中描绘产品的本身。这时需要用更能引起读者兴趣的画面来加强记忆。另一方面，长时间的产品宣传会使广告客户和作者都觉得，仅仅对产品本身的刻画不能更好地表现情感，而要借助一些独特的艺术表现手法，创造产品与生活息息相关的典型场景，才能尽情地抒发。让读者从中领悟到更丰富、更深刻的内容，并把产品展示的目的较为含蓄地包含在画面形象中，通过艺术手段巧妙、间接地向读者推荐产品的优点、承诺。使读者通过自身的经验来联想和丰富产品的魅力和占有后的快感。而这些往往是产品本身不易于引发的，或是文字不容易表达清楚的内容、形式更加多样。它们在符合产品推广的前提下，有更多的机会去强调画面的意境或审美情趣、形式感。

1. 产品摄影创意中幽默语言的应用

幽默具有"喜"的意味的审美价值类型。这种喜与笑相伴，但又不同于日常生活中的喜悦和快乐。幽默多见于日常生活之中，是由人的行为、荒谬的言论与现实相悖，而引起的有趣、快乐、荒唐、意外等情感反应，是轻松的喜。

幽默的价值载体主要是艺术。因为艺术家可以用艺术的手段把对象的形式与内容的倒错与背离揭示得淋漓尽致，使人们更能体会到幽默。由于幽默对象是人的行为、语言、外形等的倒错、变形和失去常态，由此幽默感必定反映为笑。这种笑不是人的生理本能的反应，也不是人的精神满足和愉快的表现，而是带有理性的批判或赞美的情感内容。是人自觉地用倒错歪曲的形式表现深刻的思想和真实的内容，显得含蓄、诙谐和机智。

幽默的笑包含深刻的理性批判和犀利的讽刺，因此也是一种严肃的笑。如卓别林的电影《摩登时代》中的工人，由于从事的是自动传送带上的拧紧螺丝帽的极其紧张机械的操作，因而神经紧张到失灵、失常，以至于看到衣服的纽扣甚至鼻尖之类与螺帽近似的东西便要用钳子拧紧。这种幽默的夸张变形能够引起人们的大笑，但是这笑声中又包含了对资本主义世界"现代文明"摧残工人的深深的同情，包含了对科学技术在资本主义"文明"掩盖下的罪恶，但是我们的笑声并不轻松，它使我们看到了埋葬这种"文明"的道路上的曲折和艰难。

"幽默"是生活和艺术中特殊的喜剧因素，是能在生活和艺术中表达或再现戏剧因素的一种能力。幽默常常表达对生活中的某些现象轻微、含蓄的批评，使人们在轻松的嬉笑中否定这些事物或者现象，属于一种含笑的批判。幽默有时带有讽刺意味，但不像讽刺一样尖锐。幽默包含滑稽可笑的因素。它之所以使人发笑，原因在于独特的美学特征和审美价值。它运用"理性倒错"等手法，揭示琐碎、平常的事务所掩盖的深刻本质。这种艺术手法多以轻松、戏谑又饱含深意的笑为主要特征，表现为意识对审美兑现所采取的外谐内庄的态度，欢笑之余，让人们进行深入的思考。幽默是一种调节机制，娱乐性强，戏剧性效果明显，带给人轻松愉快（图4-19、图4-20）。

图 4-19 [德国] 幽默表现手法 Karina Bednorz 摄

图 4-20 [德国] 幽默表现手法 Karina Bednorz 摄

幽默作为一种艺术语言，是在产品摄影中对其作品巧妙地潜入幽默特征，既能给予受众趣味又能阐述功能，这种功能就是表现产品的主题，表现是有意的，接受却是趣味的。幽默的表现手法运用风趣的情节，巧妙地潜入作品里，又把它延伸到产品的主题中，造成一种充满情趣又耐人寻味的幽默境地，从而达到创作的目的和发挥艺术感染力的作用。

（1）冷（黑色）幽默

在第二次世界大战之后，随着现代主义和后现代主义兴起，发展了一种十分重要的文学流派——黑色幽默，并且说明："在我们这个极度紧张的社会，任何过于严肃的东西都将难以为继。唯有幽默才能使全世界松弛神经而又不至于麻醉，给全世界思想自由而又不至于疯狂，并且，把命运交给人们自行把握，因而不至于被命运的重负压垮。"所以法国当代作家阿斯特吕可因说："讲一个戏剧性，甚至是悲剧性的，或者是卑鄙下流的场面不加以美化地表现出来，易产生一种令人发笑的效果，这似乎就是黑色幽默的定义。"

"黑色幽默"一词源于1937年法国超现实主义者布勒东与艾吕雅合写的同名论文，以及1940年他们合编的《黑色幽默选》。这一概念在当时并未引起多大关注。直到1965年，美国作家弗里德曼收集了11位美国当代作家和一位法国作家的作品片段，并以此冠名为《黑色幽默》出版后，美国评论家尼克伯克发表《致命一蜇的幽默》一文，引起普遍反响，自此，"黑色幽默"作为一个指称特定风格流派的批评术语开始流行，并形成自己总体特征：一种残酷的自嘲。

黑色幽默的诞生与当时的美国现实密切相关。20世纪60年代初，在越南战争和麦卡锡主义的影响下，美国社会动荡不安，西方民主受到质疑，传统道德受到批判，思想真理遭到抛弃，代之以对共产主义革命的恐惧与忧虑。在这种历史背景下，无所适从的美国小说家们自觉地选择了残酷自嘲的方式，讽刺现实，嘲笑理想。除此时代原因之外，黑色幽默的自嘲精神，其思想资源还来自精神分析学、超现实主义和存在主义（图4-21、图4-22）。

（2）幽默语言在产品摄影中的表达

幽默的摄影作品具有独特的审美价值。幽默运用既诙谐、戏谑，又端庄、严肃的语言来诱惑人们笑，强调客观产品的功能和外观信息，满足人们审美的需求，更注重客观事物真、善、美的本质。

紧张、快节奏的生活给人们带来太多的心理压力，人们憧憬轻松舒畅的生活方式。幽默以生动、鲜明、独特的艺术语言来表现单调枯燥的产品功能和特性，这让产品更具有吸引力，人们享受产品带来的信息，无意之间有了极富趣味的心理感受。因此人们更容易接受轻松舒畅和诙谐幽默的产品摄影语言。

幽默摄影是戏剧性的传播形式，与常规的心理与艺术表现有别，它是对心理习惯的特殊反叛。它所创造的新奇令人惊异，甚至使人失去心理平衡的形象突破了人们原有的心理定式，使人产生一种思维的轻松节奏，加强了作品的表现力。好的幽默摄影不仅仅是以滑稽取悦于人，还要投射出作者的思想，放射出智慧的光芒，让人回味悠长（图4-23、图4-24）。

图 4-21　[比利时] 幽默表现手法　Gregor Collienne 摄

图 4-22　[比利时] 幽默表现手法　Gregor Collienne 摄

图 4-23　[美国] 幽默表现手法　Stan Musilek 摄

图 4-24　[美国] 幽默表现手法　Stan Musilek 摄

（3）幽默语言在产品设计中的表达

　　幽默语言是产品自身发展到一定成熟的时期后，社会与时代的选择，是早期的生硬推销到讲道理、更感性、更成熟形态的转化过程。幽默语言在摄影创作过程中，通过饶有风趣的故事情节，巧妙地安排，营造一种充满情趣、耐人寻味的意境。通过幽默的语言来对美的肯定和对丑的嘲弄，这两种不同质的情感复合，创造出充满情趣又耐人寻味的幽默意境，受众直觉地领悟到产品摄影所表现出的概念和态度，对产品和产品形象会心微笑。

在产品摄影中，幽默的表现手法同样能引起人们心理上的愉悦，是增进受众对产品亲密度的催化剂，也是摄影师在产品摄影创作过程中的一种智慧和风度的风格体现。弗洛伊德的精神分析理论认为，幽默是表达人们内心被压抑的思想。如果你想了解一个人潜意识里哪些东西被压抑了，那只需要检测一下这个人喜欢什么样的幽默就可以了。

2. 产品摄影创意中象征与寓意语言的应用

黑格尔对于象征有这样的说明："象征一般是直接呈现于感性观照的一种现成的外在事物，对于这种外在事物并不直接就它本身来看，而是就它所暗示的一种较为广泛普遍的意义来看。因此，我们在象征里应该分出两个因素，第一是意义，其次是这意义的表现。意义就是一种观念或对象，不管它的内容是什么，表现的是一种感性存在或一种形象。"当某种自然物、自然现象表现了人们所珍视的精神内容，使人们得以直观，并从中获得乐趣时，它们就成了审美客体。

象征是将某些具象或抽象的事物所蕴涵的特定含义通过其他一些角度或视角的引申，来反映新的抽象或具象意义，其前提是，某些事物和概念因具体的人文历史、社会等原因曲解了原有意义，产生或被人们赋予了新的含义。象征的应用选择需要具有代表性或被人们认知的形象，以便唤起人们对形象的共鸣（图4-25~图4-28）。

图 4-25　Zip火机广告　周文彦摄

图 4-26　农夫果园广告　王　震摄

图 4-27　[瑞典] 首饰广告　Klara G 摄

图 4-28　剃须刀广告

　　具体说，借用具体相关的被摄物来传达某种思想、感情、概念或哲理的表述方式就是象征。如在中国的道教文化中，鹤是象征长寿的，因此也有仙鹤的说法；而道教的先人大都是以仙鹤为坐骑。中国传统年长的人去世有驾鹤西游的说法。受中国文化的影响，在朝鲜和日本，人们也常把仙鹤和挺拔苍劲的古松画在一起，作为延年益寿的象征。橄榄枝象征和平，荷花象征高贵，牡丹象征富贵，桃花象征春天，红色象征热情，黄色象征权贵，火炬象征光明，等等。在这里，象征的形象和被象征的内容之间往往并无必然的内在联系，有的只有某些相关或类似联系，如桃花因为在春天开放，便有了象征性；旧时中国封建王朝的专用色为金黄色，因此金黄色就与权贵联系在一起。象征，大多是人们在现实生活中经约定成俗而被固定下来的。这种联系是与人的想象力的发挥分不开的，是通过想象使两者之间产生了一种可为人理解的表现关系。

寓意这一概念从产生到后来很长的时间内，只是单纯地作为一种修辞方法而应用在语言文学中。到了19世纪，以英国浪漫主义诗人为代表的一批人认为寓意是人类内部的一种机制，在反映语言本质的同时，还反映了人类的本质。20世纪以后，随着对寓意研究的深入，现在对寓意的研究已经吸引了不同学科领域学者的目光，并且这种趋势也愈演愈烈。

在设计领域中对寓意的研究似成为一种时尚，尤其是在产品造型设计中把寓意作为一种设计的手法来使用，目的是无限放大设计师的情感和想要在产品中表达的含义。在设计中对寓意的应用就是为了能够更好地增加作品的内涵，使其能够与消费者产生互动，给消费者留下想象的空间，从而通过在精神上的沟通来满足消费者更高层次的需求。

象征和寓意是产品摄影创意中常用的表述方式，意味深长的产品形象很容易注入人心，这对于日趋转向以形象来促销的消费市场，将有不可估量的作用。象征，即由被摄体含义的延伸及由此人们所产生的联想、想象。对比象征的双方必须具有鲜明的寓意对比性以使观者明白作品的表达目的（图4-29、图4-30）。

图 4-29　[法国] 手机广告　Andric Ljubodrag 摄

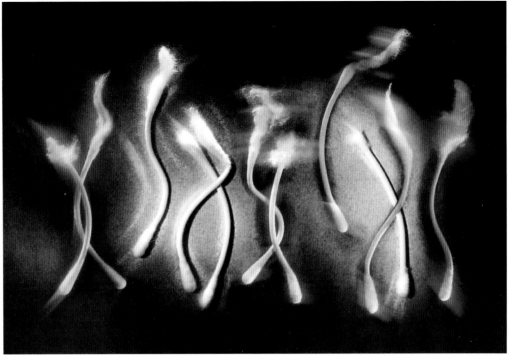

图4-30　个人护理用具广告

3. 产品摄影创意中对比语言的应用

在创意构思的过程中，为了拓展视野，深化产品的层次，人们需要运用多种思维方式来开发对产品的理解，以全新的视点、认识和理解引发与众不同的创意表达。这需要不拘形式对产品进行由表及里的审视和剖析，不断发现事物的全新含义，赋之于新的表现形式和生命力；由此及彼，审度事物之间难以发现的差别和联系，进行全新的艺术组合。

"对比"的创意方法是颇具魅力和效果的。对比表现是非常有效的表现手法，一切艺术的表现都有对比的成分，不管是形态的对比还是理念的对比。对比是一种趋向于对立、冲突的艺术美，鲜明的对照和直接对比作品描绘的事物特性，借彼显此，从呈现的差别中达到集中表现。对比是不同形态之间的比照。把要描述的产品放在主要位置，把要对比的形态放在次要位置，以形成鲜明的对照来表现，要记住主次分明，把握恰当，构图既要对立又要统一。要比较突出广告表现的主题。对比的手法不仅使广告主题加强了表现力度，还饱含情趣，广告作品的感染力进一步扩大。对比手法运用的成功，不仅使平常的画面处理技法隐含丰富的意味，还能使其展示出广告表现的层次和深度。

产品摄影的对比包含两个层面：一是产品自身的对比；二是产品主体与摄影画面其他元素的对比（图4-31~图4-33）。

对比使摄影作品具有强烈的震撼力，如产品摄影中，产品面积大小的对比、色调明暗的对比、色彩和质感的对比等。但产品摄影中的对比形象更注重被摄体寓意的强烈对比，即对比的双方不是被摄体本身，而是他们所代表的某种含义：古与今、美与丑、传统与现代、真实与虚幻等。象征，即由被摄体含义的延伸及由此人们所产生的联想、想

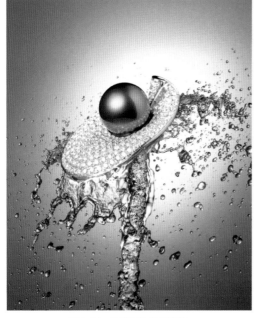

图4-31　首饰对比表现广告

图4-32　首饰对比表现广告

象。对比象征的双方必须具有鲜明的寓意对比性以使观者明白作品的表达目的。

摄影师在运用对比法进行产品摄影时，要注意两个问题：首先，对比物不可选择其他企业的同类产品；其次，对比物之间一定要能够相互沟通。在画面内容设计的对比可以侧重于产品质感、色彩、大小、形状及虚实的对比，以突出要表现的主要对象，增强作品的感染力，更好地表现产品本身（图4-34、图4-35）。

4. 产品摄影创意中夸张语言的应用

文学家高尔基指出："夸张是创作的基本原则。"在艺术创作中，往往用超出客观事实的语言或表达方式，渲染或强调对象

图4-33　服饰对比表现广告

图4-34　中华牙膏对比表现广告　*薄海龙 摄*

图4-35　[意大利] 首饰对比表现广告　Tranchellini 摄

的某些特征，进一步突出事物的本质，引起读者丰富的想象和联想。在平常的摄影产品中，求新奇、求变化，借助于艺术加工，夸大对象特点和个性中美的部分，人们从中感知到一种新奇与变化的情趣。对产品摄影所宣传的品质或特性的某个方面进行夸大，加深或扩大受众对这些特征的认识，能更鲜明地揭示事物本质，作品的艺术效果得到了加强。

夸张是一种修辞手法，可用夸张的词语来形容事物。夸张的创意表现手法应用关键是要掌握好夸张的尺度，以现实为基础的合理夸张不会影响信息传递的真实。合理的夸张原则就是不能对产品并不具备的功能进行蓄意的夸张，而是借助想象，用表现主义的手法对产品进行适当地夸张表现。夸张可以表现为几种类型，主要是形态、神情、理念这三个方面，分别为面相性、神态性、想象性。在具有艺术美的广告中，夸张手法为其加注浓郁的感情色彩，产品的描写更为生动、浑实（图4-36~图4-38）。

The last word in beer

图4-36 喜力啤酒广告

图 4-37　喜力啤酒广告

图 4-38　喜力啤酒广告

夸张是表现语言修辞的形式和表达人思想情感的形式。产品设计中，作为艺术表现方式而贯穿于整个设计过程，是社会发展和文化进步共同作用的结果。夸张的表现不是凭空捏造的，它来源于设计者对现实生活所做的理性的、客观的分析，也是人们主观创造活动的一种思维表现。夸张是真实语义的体现，是建立在真实生活基础之上的心理表现。夸张是建立在想象基础之上对原有事物表象改造和情感延伸到原有表象上的一种变形设计语言。

夸张的产品设计是根据该产品的某种属性特征所进行的超越性表达，着重夸大或缩小产品的某一方面属性特征，成为主要表现产品形象的形式，由此产品形象和产品概念之间以强烈对比或与某一事物特征相联系而产生的极大心理感受，产品的夸张表现就是利用了这种心理攻势。

夸张具有以合乎情理事理的差距去凸显事物的某些本质特征的作用。夸张形象与客观事物之间必然会有差距，夸张手法是扩大或缩小事物的某一特征，给人以强烈的感官刺激，最后的效果就是让人们更加真切地把握事物本质特征。这样的手法有助于生动地表现出事物特征，增强感染力，给用户带来深刻印象（图4-39~图4-45）。

从产品设计活动的角度来看，对夸张表现手法进行分类，从设计对象与过程出发，以产品的概念、功能、结构造型为夸张表现的方向，可以把产品夸张表现分为四类：概念夸张、造型夸张、功能夸张、意象夸张等。然而，设计师在进行产品设计的过程中，不管是哪类夸张都需要建立在"概念限制"这一逻辑基础之上，以此来创造出适合用户需求的各种产品。设计师通过自己设计的作品给用户传达一种产品本身的语义，使产品

图4-39　卫浴品牌Kohler广告

图4-40　卫浴品牌Kohler广告

图4-41　卫浴品牌Kohler广告

图4-42　卫浴品牌Kohler广告

图4-43　卫浴品牌Kohler广告

图4-44　卫浴品牌Kohler广告

图4-45　卫浴品牌Kohler广告

形态、功能、结构、材质、色彩等适合不同需求用户的生理和心理需求。

5. 产品摄影创意中荒诞语言的应用

荒诞作为一种审美价值类型，是西方现代社会与现代文化的产物。荒诞的本意是不合情理与不和谐，它的形式是怪诞、变形，它的内容是荒谬不真的。

从形式上看，荒诞与喜剧相似，但荒诞的形式是与内容相符的，并不像喜剧那样揭示的是形式与内容的相悖或形式所造成的假象，所以荒诞不可能让人笑。荒诞的形式还与原始艺术相似，因为怪诞、变形本是原始艺术的特征。在原始装饰与刻画中，在原始巫术与图腾崇拜仪式中，在原始乐舞中，都可以看到那些幼稚、奇怪、恐怖的纹样，图案与形象。但这种形式是表现原始人的观念、情感与生命的形式，始于原始人的实践状况相一致的原始思维的产物，在原始人看来，这并不是怪，而是正常的、合情合理的。所以原始艺术表现出的是神秘与崇高，却不是荒诞。

　　荒诞展现的是与人敌对的东西，是人与宇宙、社会的最深矛盾。荒诞的对象不是具体的，无法像崇高那样去抗争与拼搏，更不会有胜利。荒诞不能通过理解达到超越，因为荒诞本身就是非理性的，不能理解的，所以荒诞也不可能让人哭。但是，荒诞传达出一种更深远的不可言说的东西，反映出人的生存状况与基本情绪（图4-46、图4-47）。

　　荒诞的产生有其社会根源。在现代社会，随着社会内部矛盾的冲突与激化，人与社会、人与自然、人自身的分裂进一步加剧。历次世界大战的现实粉碎了人们对各种理想主义的说教，使人们时时感到前景是那样的暗淡与虚无，人们不可避免地产生悲观与绝望，荒谬感因此而产生。

　　在艺术作品与日常生活中，人们常常会与一些怪异荒诞的对象不期而遇，这些包括丑恶，又带着滑稽，它们的冲击力总是让人猛吃一惊，这就是荒诞在产品摄影创意中的表达力量。荒诞就是近情理，但不真实，有时还夹杂着丑和恶在里面。虽然超现实主义与它有共同之处，都是与真实有很大的距离，但超现实是随着潜意识而发展，而荒谬则更注重于人的故意而为。

　　荒诞存在于摄影作品中，是因为荒诞可以给人以惊悸和震撼。荒诞的摄影作品可以震撼人心，使人过目不忘。这是因为人在震撼和惊骇的状态下注意力最集中；荒诞的摄影作品可以促进创造性思维的开发，揭示极端丑恶及潜在危险，使人警惕。荒诞的特点是：摄影师将荒诞怪异的手法用于产品摄影创意的表达上，其目的在于向人们展示其产品的性能（图4-48、图4-49）。

图4-46　[法国] 手机广告　Dimitri Daniloff 摄

图4-47 [法国] 手机广告 Dimitri Daniloff 摄

图4-48 [法国] 酒类广告 Dimitri Daniloff 摄

图4-49 [法国]酒类广告 Dimitri Daniloff 摄

第五节 商业摄影中摄影技法的表达

产品摄影最主要的拍摄内容为产品，产品的广告无论采用何种媒介进行传播，就其数量而言，摄影的表现方式都是最多的。产品摄影中的多数都是以其产品为主体来进行创意表现的，因而也就构成了产品摄影在商业摄影中的重要地位。

被摄体的质感表现是产品摄影的首要任务。质感的表现失真或含混不清，即使是有形态与色彩的真实也将失去意义。质感肌理的表现虽然有千差万别，又有众多难点，但是我们总要根据它的不同质感特点，从中找出规律，找出各类产品在典型布光和拍摄技法上的共性，才能更好地表现产品。

产品按外在材质质感肌理对光线要求的不同，可划分为四大类：吸光体、半吸光体产品；反光体、半反光体产品；透明体、半透明体产品；多种材质复合型产品。对这些产品进行拍摄论述及分析，从而找出产品的拍摄与布光方法规律。

一、反光体产品的摄影表现

反光体、半反光体产品具有表面光洁度高，对光反射性强，同时被摄体表面能将周围的环境映照在其表面等特点。这是与吸光体产品的明显区别，也是拍摄的难点。

光洁度越高，造型也简单、流畅的反射体拍摄难度越大。因为布光难度大，光照不匀或照射强度不够，会出现明显的不均匀。造型复杂、多面、多棱、多角的被摄体，又往往会形成极大的明暗反差并出现多而杂乱的耀斑，所以反光体产品成为最难表现的产品之一。

反光体产品又分为全反光体产品和半反光体产品。

（1）全反光体产品的摄影表现

金银器、不锈钢、电镀用品、釉面瓷器具、抛光塑料、计量油漆表面、深色玻璃器具等都是反光体产品。反光体产品的特征是物体表面光洁度高，大多为镜面效果，能反射照明光源，同时又在其表面映照出周围的景物。与吸收型物体呈现出明显的差异，也成为其拍摄的难点所在（图4-50、图4-51）。

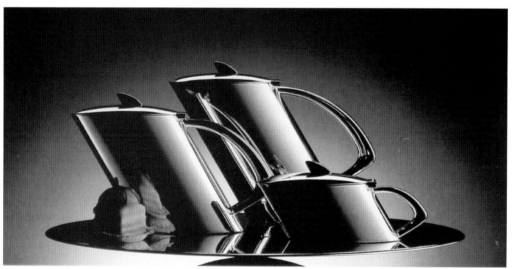

图4-50　餐具广告

图4-51　首饰广告　贺建华 摄

全反射型产品的拍摄关键在于摄影布光，选用光质柔和而均匀，光源面积大及间接的照明布光方法是关键。全反射型产品光洁度极高，均为镜面，因此可以对入射光形成全反射，并能鲜明地反映出周围的物体。为避免周围物体反射到被摄体上，拍摄全反光摄体的最佳办法是使用白色半透明的隔离罩，也可以用白色的纤维布或半透明的描图纸来进行隔离拍摄。拍摄时，光受隔离罩扩散影响，成为光质柔和而均匀的间接光源，通过隔离罩外的可控光源，可有效地控制被摄体的明暗反差，也可以有效地避免杂乱的影纹，控制光斑和外部物体可能对影像的干扰。拍摄时，将大面积的柔光灯箱和反光板放置两个侧面，尽量靠近被摄体，这样形成一个均匀柔和的大面积布光，并全部罩在餐具的反射之内，使之显现出明亮光洁的金属质感。

（2）半反光体产品的摄影表现

半反光体虽不如全反光体那样表面光亮，但仍能反射照明光和反映周围物体。例如光洁的油漆表面，有光洁度的金属、抛光的皮革、上蜡的地板、木器、光亮的塑料制品等，对这些物体的拍摄布光虽然比全反光体稍容易些，但应基本遵循全反光体的布光方法。光源可使用柔光罩、雾灯，或在扩散棚外用泛光灯间接照明。

半反光体产品在拍摄布光时也需将被摄体与环境隔离，以防被摄体上映出周围物体影像和杂光，以及出现的光斑（图4-52~图4-54）。

图4-52　笔记本广告　贺建华 摄

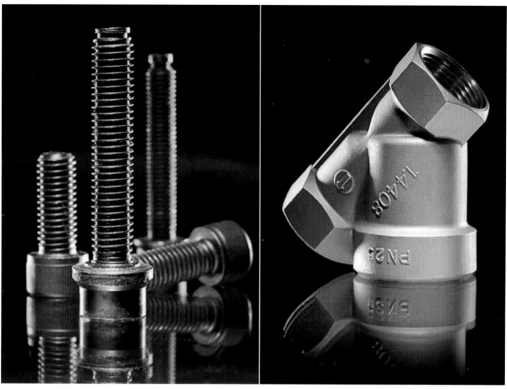

图4-53　Y. SK STUDIO 金属零部件广告

图4-54　数码相机广告

　　反光体的明暗反差和有适当面积的光斑控制，既是拍摄的难点，又是表现反光表面质感所不可缺少的。因此在布光时，既不可改变被摄体表面正常的色调和明度，又要控制光斑的恰当面积和位置，并适度配合黑、灰块面来强化立体感和质感。

　　拍摄时，采用全封闭的围篷方法照明，具体做法是用半透明的描图纸搭个帐篷，被摄体放在里面，透明的帐篷从四周到顶部都要密封，仅在相机镜头部位开个洞，将镜头伸进。布光时，用闪光灯由外对内照明，这样篷内就能得到均匀柔和的散射光源，不仅可有效地清除被摄体反光，还可解决环境干扰主体的问题。

1. 采用软质光源进行照明

布光时，采用大面积的软质光源进行照明，光照要均匀、柔和，是相对较弱的间接光源。可用大的柔光灯箱、各种反射板、描图纸、有机板、半透明的聚酯布及尼龙布等来进行布光拍摄。

2. 要消除周围环境对被摄体的干扰

周围环境对反光体产品的干扰会直接映射到被摄体光亮的表面。必须用隔离罩隔绝外界环境。隔离所用的材料应为半透明的描图纸、白布、尼龙布等。还有小型专业的亮棚，可用小件反光体商品。用隔离罩的方法适用于拍摄较明亮、浅色材质的反光体，如银器、不锈钢制品等。而对深色的反光体，如深色瓷瓶、葡萄酒瓶、酒瓶等，则不能用这种方法。拍摄这类反光体时，应使用半透明的隔离罩将周围环境中较明亮的杂物隔开，以免反射在画面上。只有主光的灯箱、反光板的反射光等照明工具形成的光斑在被摄体上，这样才能显示出主体纯净的色彩（图4-55）。

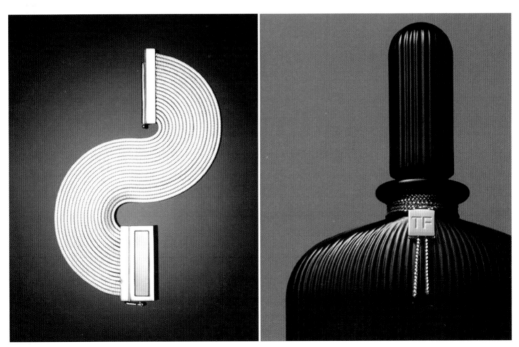

图4-55　[乌克兰] 首饰广告　Spencer Higgins 摄

采用全隔离或半隔离布光适合于各种高光洁度的金属器皿等，这两种布光的光源都要均匀且面积大，尤其半隔离状态的布光，其光源面积的涵盖一定要大于被摄体的全部，切不可是局部。控制和调整光斑的主要方法是用光质软、面积大的柔和光源作主光，形成一个主光斑。光斑宜整不宜碎，越是平整的表面结构，如不锈钢锅、啤酒瓶等物体，光斑在其表面应形成从上到下通体的反射面，而不应只是一个局部的光斑块面（图4-56）。

光斑的位置通常在被摄体的侧面或者前面，靠近被摄体边缘的光斑也会起到勾画轮廓的作用。光斑位置的调整只需移动光位，光位的照明角度多采用水平角度或稍高于水平角度。光源的形状也会影响到光斑的形态。

珠宝首饰是现代女性的必备品，也是男人地位的象征。它的璀璨夺目，它的气质华贵，还有它那不菲的价格，令所有崇尚奢华的人们为之倾倒。因其选用的不同材质、不同色彩、不同质地、不同设计款式，工艺做工不同（使用和佩戴方法的不同），给人带来的感觉自然也是不同的。人们根据这些不同的特质赋予珠宝首饰以不同的内涵，这即是珠宝首饰的个性色彩（图4-57、图4-58）。

图4-56　餐具广告

图4-57　[美国] 首饰广告　Shu Akashi Studio 摄

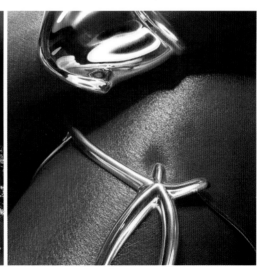

图4-58　[美国]首饰广告　Shu Akashi Studio 摄

珠宝首饰摄影要注意表现其高贵典雅的一面，另一方面也突出其材质、做工与个性特征。从事珠宝摄影，常会面临材质完全不同的首饰，因质地不同，其拍摄方法及个性表达上都会有很大差别。如钻石的拍摄力求表现出切割工艺以及独有的耀眼光芒，翡翠强调碧绿的色泽以及温润通透的"水头"，而珍珠的魅力却在于它所释放出来的层层珠光，细腻润泽的珍珠质感。隐约闪光的孔雀绿及彩虹般的光晕，都是极品珍珠的标志。珠宝的拍摄对入射光及反射光的控制能力有极高的要求（图4-59、图4-60）。

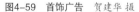

图4-59　首饰广告　贺建华摄　　　　　　图4-60　首饰广告　贺建华摄

如何控制光线的软硬、强弱以及入射角度，是拍摄珍珠的关键所在。拍摄中，光点不宜太多，否则眼花缭乱。珍珠本身是浑圆球体，要避免用方形的柔光箱以及反光板，防止反射出方形的光斑。这种带有直角的光斑会直接影响珍珠固有的韵律感，圆形的光源是较好的选择。接下来是拍摄角度的选择，突出珍珠表现的同时还要注重纯镶钻石光泽以及金属质感的表现，兼顾到这些因素才能准确地诠释出珠宝的原创设计。另外，珠宝的拍摄除了要有过硬的拍摄技术，更重要的是心态——要用极其平和的心态来操作拍摄，平和地观察、调整、对焦，平和地按下快门，平和地审视拍摄画面。

二、吸光体、半吸光体产品的摄影表现

吸光体产品可分为全吸光体产品和半吸光体产品。全吸光体产品这类被摄体包括毛、呢、麻、布料、毛线、裘皮、铸铁、粗陶橡胶等材质。它们的表面结构粗糙，起伏不平，质地或软或硬。拍摄时，可用稍硬的光质照明，方向性明确，照射方位要以侧光、侧逆光为主，照射角度亦低些。过柔过散的顺光，尤其是顺其表面纹理结构的顺光会弱化被摄体的质感。如果拍摄对象表面结构十分粗糙，可以用更硬的直射光直接照明，这样表面凹凸不平的质地会产生细小的投影，能够强化其肌理的表现。

　　半吸收体产品表面结构一般较平滑，大部分可以直接观察到其结构、纹理。纸制品、质地细腻的纺织品、木材、亚光塑料、部分加工后的金属制品等都属于半吸光体。为了表现出它们相对细腻、平滑的质感，用光应比粗糙表面柔、弱，尽可能使用扩散或间接光照明为好。使用泛光灯应在灯前加扩散软化光质的附件，也可使用柔光罩等。雾灯更可以细致地表现某些平滑的表面质感的理想光源。布光时，主光的照射角度可适当提高（图4-61、图4-62）。

图4-61　皮夹广告　　　　　　　　　　　　　　　图4-62　皮包广告

　　（1）吸光体、半吸光体产品的光质选择

　　根据产品表面质感状态的粗细程度确定用光的光质（图4-63）。虽然拍摄对象都是吸光体，但却有表面质感非常粗糙和比较细腻的较大差别。在拍摄布光时应区别对待，其规律是：外表质感粗糙的产品，可采用较硬的光质来拍摄；外表质感细腻的产品，采用柔和光质来拍摄。如质地坚硬结实的材质，可以采用较光质硬的光线来进行布光；而质地柔软的材质，则需要柔和的光质来刻画其质感。内在表现气质强硬的产品可以使用硬光布光造型，内在气质柔弱的产品可用软光造型，例如男性化产品或男性

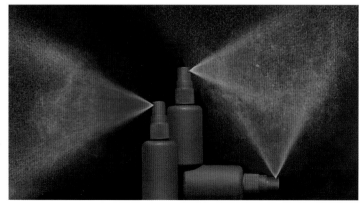

图 4-63　自喷漆广告

专用产品，就可以用硬光的光质进行布光拍摄；女性化产品或女性专用产品，则多用柔和的光质进行布光拍摄。

（2）吸光体、半吸光体产品的光比运用

材质表面质地比较粗糙的产品，可用硬光光质作主光源。硬光的光质特性可以使被摄体的明暗反差加大，明暗光比在布光时应控制在感光胶片允许的宽容度范围内，同时又要根据被摄体表面固有的明度设计好在画面中所要表现出来的明暗反差。任何一种商品，无论是明度和质地如何，都可以用不同的布光表现出高、中、低三种不同的影调，但是这样做可能会牺牲产品质感和色彩的真实性。所以除特殊需要，多数产品摄影都应真实地表现产品本身所固有的质感、明度和色彩。如白色的陶瓷、石膏等，主体就应真实地表现它的洁净、素雅，主体本身的反差就应减弱，暗部应加强布光，控制光比，缩小反差，就应提亮硬光投射所产生的暗部。可用反光板、反光屏等反射工具，或用辅助光进行补光。布光时，先用肉眼直接观察被摄体的反差情况，再用点测光在亮部和暗部测量，以确定光比范围和曝光量（图4-64）。

图4-64　[意大利] 汽车轮胎广告　Ray Massey 摄

（3）吸光体、半吸光体产品的投影控制

吸光体产品在用硬光布光时，不但可以加大被摄体本身的光比，还可以产生投影。投影是画面构图的重要组成部分，如果处理不当，就会破坏画面的整体表现，使人产生不悦和刺眼的感觉。而形态优美、亮度适中、富有空间层次感的投影则对画面整体布局锦上添花，也有助于质感肌理的表现。

因此，在多光照明情况下，要设法消除其他投影。应尽量减少光源数量，数量越多，产生投影的机会也越多。

投影轮廓的虚实、浓淡决定于光源的性质。投影轮廓的形态、大小决定于光源的质感、光源的面积、布光角度和光源与被摄体的距离。光源面积越小（点光源），布光角度越低，与被摄体越近，投影越大；反之，投影则变小，一般只会比被摄体稍大。

利用具有反光性质的背景板，将产品主体或部分倒影表现出来，也会带来美妙的拍摄效果。这样的背景板包括光亮的黑色及白色有机板、玻璃镜子、可以弯曲的由金属板经电镀抛光的镜面、弯曲后做的任何变形、由聚酯薄膜经镀层后的软镜子等。在黑色有机板上拍摄，出现的产品倒影会给画面增添一定的神秘气氛。在具有反光性质的背景板上进行产品拍摄，宜采用大面积的柔光灯箱、雾灯或大型散光棚，使光照干净均匀。

好的产品广告会让整个画面浑然一体，产品虽不出众，却不可或缺，而且图片的叙事性要强，对产品暗示强烈，而且与产品性能息息相关，让受众记忆深刻而又感觉自然舒适。当然最高境界可能是图片连产品的影子都没有，却让人感受到产品的无处不在。如家具是供人使用的，按功能的不同摆放在不同空间里。在拍摄家具的时候，家具的造型、材质、细部的装饰等固然重要，家具的设计风格、适用人群，以及历史传承、独特个性等都有依赖于摄影师利用摆放空间、道具并调动不同的摄影手法来表现特征及内涵。

图4-65是一款将手工艺和细节完美结合并充满内涵的沙发。这款沙发受切斯特风格的启发，是对备受推崇的经典沙发的全新诠释。

图 4-65　家具广告

要拍好每一组产品都要了解消费这种产品的消费群体在经济层面和文化层面的需求和感悟。要考虑到拥有价值不菲的经济基础之外的文化背景、消费概念，对品质和个性的要求，对奢华、精致、尊贵等的定义，每一个消费者都有其不同的出发点和思考。因此，拍摄某一产品要体现的不是摄影技巧，而是一种态度。

不同的家具具有不同的风格，图4-66拍摄的这张官帽椅，采用边框镶板做法，具有明显的明代中式风格，整体造型古朴、简洁大方。

1. 透光体产品的摄影表现

透明体，顾名思义给人的是一种通透的质感表现，而且表面非常光滑。透明体产品通常指玻璃、水品、塑料等产品，以及盛放在器皿中的各种

图 4-66　明式家具广告　夏洪波 摄

液体，如酒水饮料等，半透明体产品有磨砂玻璃制品、有机玻璃制品、半透明塑料器皿等。由于光线能穿透透明体本身，所以一般选择逆光、侧逆光等。光质偏硬，使其产生玲珑剔透的艺术效果，体现质感（图4-67~图4-69）。

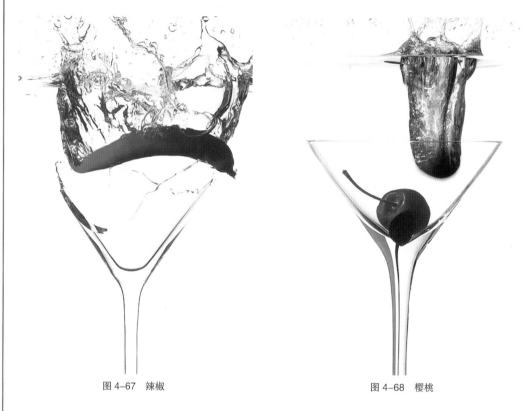

图 4-67 辣椒　　　　　　　　　　　　　　　　　　图 4-68 樱桃

图 4-69 [乌克兰] 香水广告　Spencer Higgins 摄

透明体与半透明体产品的质感表现需要注意三个问题：一是表现被摄体不同的透明度；二是表现其造型的形态；三是被摄体材料的质地肌理。

透明体、半透明体的拍摄布光宜采用透射光照明，透射光的光位处在逆光位置与镜头方向成对角并在光源前方放置半透明的磨砂板、乳白色有机板或描图纸等。透射光可以穿透透明体的不同厚度形成亮度差，即在透明体薄的部位透过光照，形成与光色接近的亮色，而在透明体的边缘，以及有一定厚度有棱有角的地方，可形成阻光，在画面中形成黑灰色线条。透射光布光照明可形成在明亮的白背景前以不同明暗的线条和块面来表现透明体的造型与质感，如若在透明器皿中盛放各种颜色的液体，则透明液体会真实地呈现其本来色彩（图4-70~图4-72）。

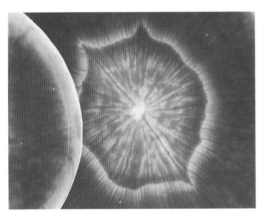

图4-70 生命系列

图4-71 生命系列

图4-72 啤酒广告

玻璃器皿既是透明体又是反光体，两种质感状态要想同时表现，则应在透射光照明的基础上，在被摄体表面还应"造出"一个能刻画反光体质感的光斑。光斑的出现是由一柔光灯箱放置在被摄体前侧形成，柔光灯箱的亮度要强或距被摄体较近，否则，透射光的光照会使光斑减弱或消失。

用深色背景表现透明体产品，透明体会在深色背景的映衬下变暗，以致轮廓不清甚至与背景相融。这时的布光方法首先要将被摄体与背景相分离，可采用在主体两侧加柔光箱的方法，或一侧加置柔光箱，另一侧使用反光板。两面的侧光可将主体托出背景，在被摄体上方的顶部再加一柔光灯箱，则被摄体上半部分的轮廓勾画清晰，这样被摄体全部被亮线条勾勒，完整地展现出来。这种布光可使透明体产品显得格外精致，有晶莹剔透之感（图4-73）。

在暗色背景前的玻璃容器中盛放多种颜色的液体会为拍摄带来麻烦，因所有色彩都会被暗色笼罩而失去原有的纯度。解决此麻烦的方法是在玻璃器皿的背面贴上与其外形轮廓相似的白纸，白纸要注意剪成与主体外形一致，既不大于主体又不小于主体的形状。还应注意白纸的高度应与玻璃器皿中液体的高度一致。

图 4-73　[法国] Andric Ljubodrag 摄

2. 复合体产品的摄影表现

有些产品有时会同时具有两种以上的材质特征，有些材料质感的差异还相当大，这无疑会给拍摄工作带来新的问题。例如摩托车，它车身上的电镀部件和油漆如流光闪耀，非常光亮，但车轮上的轮胎却是黑暗的吸光体，这两部分反差极大。一些拍摄摩托车的广告照片，在表现电镀和油漆部件的反光体时，很好地注意了布光的要求，有较好的层次和真实的色彩，但照到的车轮胎，却只有黑轮廓，看不到轮胎花纹的细节，这就是败笔之处。

对此，我们在拍摄布光时，首先应该选择具有对两种或两种以上不同材料质感表现都有兼容性的布光方法。若是两种材料的质感肌理明度差较弱，则容易表现；若是两种材质的明度反差极大，趋向两极，则应采用一些特殊方法，尽量使质感的表现不佳。质感的大反差会为布光带来困难，布光很难兼顾截然不同的质感表现，尤其是当它们不但质感差异大，而且明度反差也大时就会更困难，这可能会带来光比超出胶片宽容度的现象。质感表现不得有偏颇，只能使用所有质感都尽可能兼顾的光质、光位来照明。此时，既要凭借经验，更需反复布光与审视，多次比较才可能找到比较恰当的布光（图4-74、图4-75）。

表面质感差别大的复合型被摄体在布光中，主光光质和光位以能兼容的中性光为好，如仍有困难，则应设计特殊的布光系统，并对各光源

图4-74　自行车广告

图4-75　联想笔记本广告

进行明与暗的遮挡、柔与硬的控制，重点、局部用光的加减，以及使用多次曝光来控制不同的曝光量等拍摄技巧，如拍摄摩托车就要使用较特殊的布光。有摄影师利用夜景拍

图 4-76　阿迪达斯运动鞋广告

摄，方法是使用放置在车体一侧的大型反光板，用反射的散射光为主光源，此时的布光以重点考虑车身上反光体部位为主，而对轮胎的照明，摄影师别具匠心地设计制作了一个灯箱，灯箱可手持，能够移动，并射出一束光，用此灯由摄影师操作对轮胎及其他暗处进行了扫描式照明，这样就局部增加了轮胎的曝光量，而使整体曝光量平衡。

多材质的复合型产品，在拍摄布光时应尽量使光质对不同质感有兼容性，但多数情况首先要照顾到反光体的照明。光位的调整首先要保证重点部位的用光，使质感表现更为准确。商业摄影师的技术功力在此时应有充分的发挥，要细致、准确、精雕细刻地表现好商品的质感肌理（图4-76）。

产品自身的外形设计是否精美，这是工业设计师的职责，但是能否在摄影的过程当中将产品表现得美轮美奂，那就是摄影师的本领了，这里既有技术和技巧的成分，也包含了摄影师审美能力和艺术修养的功底。

在产品摄影拍摄之前，首先要进行产品的选择。外观完美、无瑕疵的产品是产品摄影的表现基础，如皮革制品的外表是否有划伤、擦痕；玻璃制品的瓶壁厚薄是否平整均匀，通透性是否良好，是否有气泡、裂纹；金属制品的表面是否有划痕、指纹、污渍，等等。良好的物质基础是产品摄影表现的前提，之后便是艺术审美的表现。

通常我们所说的气质是对人而言的，人的外貌着装、谈吐举止都会透射出他的修养与风度，或优雅怡静，或热辣活跃，或儒雅淡泊，或豪气大方，等等。而产品也有气质，这就是产品的外形特质，包括外形、结构、色彩、线条的表现，质感、立体感的再现，并通过光线的运用，借助画面影调、光影效果的烘托和营造，画面形式构成设计等因素，使产品的气质得以淋漓尽致地展示，使人过目不忘。

复习思考问答题：

1. 创造性思维的本质特征是什么？

2. 为什么说想象是摄影创意成败的关键？

3. 商业摄影创意的表述特征有哪些？

4. 商业摄影的创意表现手法有哪些？

第5章
商业摄影器材的选择与应用

第一节　各种器材在商业摄影中的应用

从广义上讲，用于商业摄影的器材主要有相机及其附属器材、照明设备和测光设备。

一、相机及其附属器材

（1）小型135数码单反相机。主要用途是动态拍摄。小型相机简便灵活，尤其是在拍摄外景时，方便好用。但是对于广告摄影的要求，其底片的信息量太小（图5-1）。

图 5-1　135数码单反相机 尼康D3x 佳能EOS-1Ds Mark III

（2）120数码中画幅相机。因为120底片适中，规格画幅多样，能满足大多数的广告需要，从而被广告摄影师广泛使用（图5-2）。

（3）仙娜Sinar大型专业相机。大底片的专业相机主要有4英寸×5英寸，5英寸×7英寸，8英寸×10英寸等几种规格，其底片信息量大，其可控制透视和景深的特点是它成为专业相机的原因（图5-3）。

图5-2　[瑞典] 哈苏 120中画幅数码相机

图 5-3　[瑞士] 仙娜 Sinar 大型专业相机

（4）数码相机及相关设备。随着科技的发展，数码技术已经开始用于广告摄影，其拍摄效果直观，深受摄影师喜爱。

二、照明设备

（1）普通的灯具。如钨丝灯、强光灯、摄影灯泡等（图5-4、图5-5）。

图5-4　钨丝灯　　　　　图5-5　强光灯

（2）特殊灯具。如陶瓷金属卤素灯、卤钨灯等（图5-6、图5-7）。

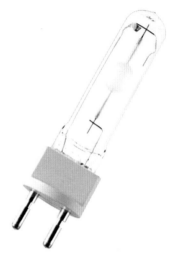

图5-6　陶瓷金属卤素灯

图5-7　卤钨灯

（3）专业闪光灯。电子闪光灯、移动闪光灯等（图5-8、图5-9）。

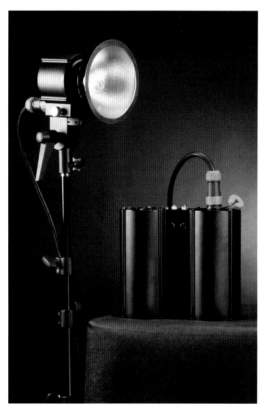

图 5-8　U2 ALFA-300型专业闪光灯

图 5-9　U2移动极速闪光灯

（4）辅助照明设备。辅助照明设备包括光栅、挡光板等（图5-10、图5-11）。

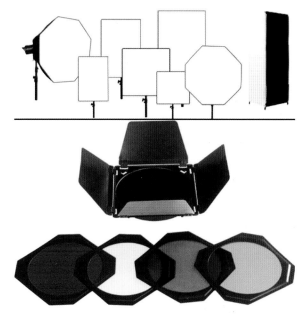

图 5-10　U2 光栅　　　　　　　　　　图 5-11　U2四页挡光板

（5）附件。附件包括光学聚光器、束光筒等（图5-12、图5-13）。

图 5-12　U2光学聚光器　　　　　　　　图 5-13　U2 束光筒

三、测光设备

广告摄影的测光主要通过专门的测光表来完成，而多数不使用内藏的机内测光表。
道具也是广告摄影中经常采用的，为了达到最好的拍摄效果，摄影师时常借助道具完成拍摄（图5-14、图5-15）。

图 5-14　美能达测光表

图 5-15　世光测光表

第二节　商业摄影影棚建设

对于广告摄影，为了完成完整的广告创意，多数拍摄任务都是通过广告摄影棚来完成的。那么怎样建设自己的摄影棚呢？我们的摄影棚应该至少考虑以下基本条件：

（1）摄影棚的工作面积越大越好，最少也得20多平方米，高度要求至少3米，为了节省费用，可以用旧工厂的车间或旧仓库改造。如果空间狭小，相机与被摄物的距离就近，若拍摄小型物品还可以，如果拍摄大型物品则很不方便，甚至无法拍摄。

（2）位置的选择要尽量防止震动的产生，如要远离公路主干线或铁路沿线等。在地面材料的选取上，应该采用有一定弹性的，利用弹性减少震动对拍摄的影响。

（3）摄影棚的设置上，在关闭门窗后能与自然光线隔绝，摄影棚的作用就是为了隔绝外界对拍摄工作的影响，另一方面可以方便成为暗室。

（4）在摄影棚内，设施应该尽量齐全，如有条件，还应配备小型化妆间、暗室、电脑、空调等设备。墙面的色彩不可过分艳丽，以免在拍摄时，色彩反射到物体表面而影响效果。

（5）装备各种摄影器材和照明设备等，为了节省空间可考虑安装天花路轨。由于摄影棚用电量大，需要单独的配电线路（图5-16、图5-17）。

图 5-16　影棚拍车现场　　　　　　　　　　图 5-17　影棚空间实景

第三节　商业摄影中大型专业座机

　　商业摄影需要多种类型的照相机，对图像要求不高的一般印刷，使用135相机或120单镜头反光照相机来拍摄，就可以满足图像印刷要求。但对于汽车、建筑、家具等商业摄影主题，以上两个类型相机都难以胜任或难以尽善尽美地完成。简言之，它们无法解决透视变形，不能全面控制影像的清晰度，或者因胶片尺寸的大小而达不到商业制作的要求。要解决这些棘手问题，就不得不求助于大型专业座机（简称"大座机"）了（图5-18）。

　　大座机是指那些能拍摄4英寸×5英寸、5英寸×7英寸和8英寸×10英寸胶片的相机。当使用特制的胶片盒时，也可以拍摄120胶片。

　　大座机并不是因为能拍大画幅的底片才成为专业

图5-18　大座机

相机，而主要是它的主体结构部分可以各自调整，并能相互系统配合，可以适用各种拍摄主体的需要。

一、大座机的结构

严格来说，现代大座机是单元组合系统相机。虽然品牌型号有所不同，但是一般而言，只要是同属于一个系列的组件，一般可互换使用。因此，摄影师要根据客户的要求及拍摄需要来选择合适的照相机进行商业拍摄。

大座机一般分为单轨机型和双轨机型两大类。轨是指承载大座机前后座，并且可以在上面滑动的座架，即轨道。单轨相机是在双轨相机的基础上发展起来的。单轨相机较双轨相机更有灵活的置换性，相机的主要主附件都可以相互组合、装卸。单轨相机的结构最典型，也最为常用，现在我们就先了解一下单轨相机的主要结构。

1. 相机轨道

相机轨道，主要是承载相机主体的，使相机主体可以在上面滑动，从而调节相机与脚架固定面形成各种角度。相机还可以以导轨为轴心旋转，前后座系统的移动完成聚焦。遇到近距离的微距拍摄等情况时，导轨可以加长（图5-19）。

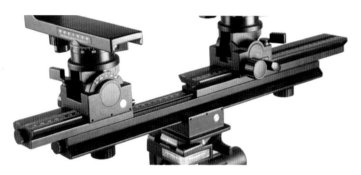

图5-19　大座机轨道

2. 镜头基座（前座）

前座，主要用来固定镜头与快门的装置。镜头固定在前座前先安置镜头板上，然后，再将镜头板固定在前座架上。绝大多数镜头中间已经安装了快门和光圈，其调节钮多数都在镜头边上。大座机镜头虽然品牌不同，但只要装上合适的接圈板，就可以装在相机上使用。大座机镜头的互换性就靠镜头板（图5-20）。

3. 数码后背（后座）

数码后背又称数码机背，由图像传感器、数码处理系统等部分组成，与普通数码相机相比，数码后背只是单独的数字感光系统，只有附加于传统相机机身上才能拍摄使用。数码后背主要附加于中画幅或大画幅座机上使用，使原来的传统相机可以进行数码化拍摄。数码后背与单反数码相机及便携式数码相机相比，具有体积大、灵活性差、价格高、

图5-20　大座机前座架

传感器面积大及成像效果非常好等特点，主要应用于要求苛刻的商业广告摄影。

后座主要用来装置对焦屏和机背，包括后座架、对焦屏、片盒、相关调节装置等，后座架是用来固定和装载聚焦屏、片盒的（图5-21~图5-24）。与前座一样也可以上升、下降、左右平移等。另外，前后座在除去一切附件后，是可以互换使用的。

图5-21　飞思P45+数码后背

图5-22　大座机后座架

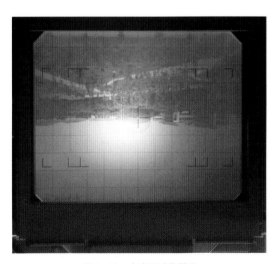

图5-23　大座机对焦屏图

图5-24　大座机片盒

4. 蛇腹

蛇腹，俗称皮腔或皮老虎。皮腔是连接前后座的，可以使其不漏光。因后座画幅尺寸有大小之分，所以，蛇腹腔与前座连接部分尺寸不变，与后座连接部分则随后座胶片尺寸的大小而不同。当使用广角镜头时，大座机需配用特殊的广角蛇腹。使用望远镜头时，蛇腹需要大幅度伸长，如标准蛇腹长度不够，可以延长轨道和蛇腹的长度（图5-25、图5-26）。

图 5-25　大座机皮腔　　　　　　　　　　　　图 5-26　大座机皮腔

5. 机背

大座机的机背是由后座的框架和对焦屏组成。在机背上还可以插入专用的测光表或测光探头。

对焦屏包括4英寸×5英寸、5英寸×7英寸、8英寸×10英寸几种。聚焦屏作用是拍摄时观测聚焦效果的，上面有网格线和中心虚线，是用来方便精确聚焦和控制画面的。片盒是装胶片的暗盒，有各种规格。大底片相机也有各种规格的120片盒。120后背又可以分为6mm×7mm、6mm×9mm、6mm×12mm几种。它们装在4英寸×5英寸的机背上使用。

大座机的系统附件名目繁多。有些是必备的，有些只是在特殊情况下或特殊需要时偶尔使用的。除此以外，还有其他的一些附件，如电子机身快门、遮光罩、对焦放大镜、反光取景器、滤光片夹、蛇腹遮板等（图5-27、图5-28）。

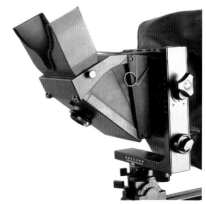

图 5-27　大座机反光取景器　　　　　　　　　图 5-28　大座机对焦放大镜

二、大座机的镜头

镜头是大座机的重要组件。它除了可以在胶片聚焦成像外，摄影师还可以灵活地利用其性能变换出人意料的画面效果。

大座机镜头的光学性能必须高质量，否则会影响成像质量。另外，镜头必须有足够的涵盖率来满足相机前后座的摆动和位移，否则会影响大座机矫正透视，控制被摄体变形等最具有创造性的性能。

大座机在前后座归零位时，胶片是在镜头的光轴后方的焦点平面位置。当前后进行位移或者摆动时，胶片的位置就会发生变化。因此，大座机的镜头就要有可能大的涵盖率，即镜头清晰结像面积要比所用的胶片面积大一些，以此来满足胶片的位移或摆动。一般至少要比使用的胶片对角线大2~3倍以上。

小型相机因没有光轴调节功能，所以胶片的对角线只要小于影像圈就可以了；而大座机要调整光轴，就需要有相当的富余才可以。影响镜头涵盖率的因素：

（1）当光圈收小时，镜头涵盖率变大；反之变小。

（2）相机对焦于近处时比对焦远处时的涵盖率要大。

（3）视角相同而焦距不同的镜头焦距大，涵盖率大；反之小。

以胶片对角线长度计算（见下表）各种胶片画幅的对角线长度。

画面尺寸（mm）	实际画面尺寸（mm）	对角线长度（mm）
6 X 9	81 X 58	100
4 X 5	94 X 120	153
5 X 7	121 X 172	208
8 X 10	193 X 243	311

例如，若用45英寸胶片拍摄时，153mm的有效视角就已足够涵盖胶片了，但若要调整光轴，则需要能覆盖170~200mm以上的有效视角的镜头。

大座机镜头还有以下特点：

（1）对焦于近距离时，比对焦于无限远时影像圈大。

（2）光圈收得越小，影像圈就会变得较大，而且明暗界限越清晰明显。

三、大座机基本的使用方法

1. 单轨的大座机

主要有16种基本的变化。前座左右上下的平行移动有4种；前座左右上下的角度变化有4种；后座的左右上下的平行移动有4种；后座左右上下的角度变化有4种。

（1）前座向左平行移动，效果——会使被拍摄物体向右移动。

（2）前座向右平行移动，效果——会使被拍摄物体向左移动。

（3）后坐向左平行移动，效果——会使被拍摄物体向右移动。

（4）后座向右平行移动，效果——会使被拍摄物体向左移动。

（5）前座向上平行移动，效果——会使拍摄物体形状不变，但是焦点平面移动，使得和镜头面板平行。

（6）前座向下平行移动，效果——拍摄物体形状不变，但是焦点平面移动，使得和镜头面板平行。

（7）后座向上平行移动，效果——拍摄物体形状变化，可修正影像垂直面的形状。

（8）后座向下平行移动，效果——拍摄物体形状变化，可修正影像水平面的形状。

（9）前座向左偏移，效果——拍摄物体形状不变，但是焦点平面移动到右上角至左下角的平面上。

（10）前座向右偏移，效果——拍摄物体形状不变，但是焦点平面移动到左上角至右下角的平面上。

（11）后座向左偏移，效果——拍摄对象向右移动，并且右边的形状被变大，左边的形状被变小。

（12）后座向右偏移，效果——拍摄对象向左移动，并且左边的形状被变大，右边的形状被变小。

（13）前座向上提升，效果——会使被拍摄体向下移动。

（14）前座向下降低，效果——会使被拍摄体向上移动。

（15）后座向上提升，效果——会使被拍摄体向下移动。

（16）后座向下降低，效果——会使被拍摄体向上移动。

2. 总结大座机以上变化所呈现出的影像变化

（1）位移不会改变被摄体、镜头平面与影像平面的关系。

（2）前后座的位移与前座的摆动会使光轴偏移影像平面中心点。

（3）前后座的位移主要作用是移动影像的视野。前座位移，影像区域反向移动；后座位移，影像区域正向移动。

（4）前座摆动的作用是用来控制影像清晰度的分布，影像的透视效果不发生变化。

（5）后座摆动的作用是用以控制影像的透视效果和变形，也可以用来控制影像清晰度的分布。后座摆动，光轴仍然处在胶片中央位置。

（6）前座、后座配合摆动在控制被摄体某平面全面清晰特别有效。

相机的摆动与位移的最主要作用是可以改变影像的透视效果、校正变形以及控制影像清晰度的分配。这些都是中小型相机无法做到的。

四、大座机拍摄的操作步骤

各种大座机的结构虽有差异，但其操作步骤是基本一致的。在操作大座机时一定要养成程序式的操作习惯，尽量是每一个动作环节都一成不变，并极为精确，否则，往往忙中出错。对非机身快门的大座机，其规范操作步骤如下：

（1）确定机位，将相机在三脚架上固定好，设定好理想的位置和高度，让所有调整钮归零。

（2）释放快门，光圈开到最大，对焦和取景。

（3）通过位移和扭转等调整透视和清晰度。

（4）检查镜头的涵盖率，通过相机的摆动仰俯进行调整。

（5）用测光表测定光量，选定曝光的参数组合。

（6）设定曝光组合，首先设定好需要的光圈，然后设定好快门级数。

（7）曝光，关闭快门，上好快门弹簧，试曝光一次，确认闪光灯同步。重新上好快门，装上后背，抽下后背挡板。释放快门进行曝光。最后将挡板插入后背，并将后背取下。检查快门是否打开（图5-29~图5-32）。

图 5-29　大座机调整钮归零

图 5-30　大座机调节调整透视和清晰度

图 5-31　大座机调节调整透视和清晰度

图 5-32　用测光表测定光量

以上程序必须养成潜意识的行为，即完成一个动作后，立即准备下一个步骤。否则往往会因小错误而功亏一篑。

五、大座机的主要优点

1. 可以提供极高的画面质量
因为大画幅相机的底片尺寸大，一张8mm×10mm散页片的面积是35mm胶片的50

倍，现代大画幅镜头拍出的影像在技术上占有绝对的优势。其高质量的清晰影像，无论是影调还是色彩层次，都是其他种类的相机无法企及的（图5-33、图5-34）。

图 5-33　包装盒广告作品　　　　　　　　　　图 5-34　室内景观广告作品

运用数码后背，可以使影像效果清晰直观地呈现于电脑显示屏上，无论是对摄影者本人还是对客户，均十分便捷可靠，尤其是对商业客户的视觉冲击力甚强。

2. 对成像透视效果的控制功能

尤其是单轨式的大画幅相机，对被拍摄物体的透视效果控制能力是无与伦比的。摄影师可以通过调整相机前后座架的位置，从而控制被摄物体的透视效果，这样可以使物体符合人的视觉习惯，或是达到摄影师的特定预设效果（图5-35、图5-36）。

图 5-35　建筑摄影作品　张子量 摄

图 5-36　建筑摄影作品　张子量摄

3. 对画面清晰平面的控制能力

　　被摄体平面、影像平面、镜头平面相互平行，则整个影像均清晰。大画幅相机之所以能够拍摄出成像范围大、清晰度高的影像，并不是由于底片大，而是得益于莎姆弗鲁格定理（只要影像平面、镜头平面和被摄体平面的延伸面相交于一直线，即可得到全面清晰的被摄体影像），因为大画幅相机能大范围地调节前座或后座，这一点是用普通相机无法达到的，再辅助缩小光圈，大画幅相机便获得了成像完全清晰的照片。大画幅相机可以移动倾斜前后座，从而使从脚下到无限远的地方都能很清晰（图5-37~图5-39）。

图 5-37　建筑摄影作品　张子量摄

图 5-38　建筑摄影作品　张子量摄　　　　　图 5-39　建筑摄影作品　张子量摄

4. 由于大画幅相机拍摄过程烦琐，也就促使摄影师在深思熟虑后才拍摄

对于商业拍摄，每次拍摄，每拍一张照片都要花费人力和费用，对于商业摄影师而言，一般只有一次拍摄机会，摄影师必须谨慎小心，考虑周全，操作准确，一次拍摄必须成功。这是大画幅相机不同于其他相机的地方，这对于锻炼摄影师的技术很有帮助；另一方面，也有助于客户对摄影师产生专业信赖感。尤其是拍摄广告商业片，一种专业信赖感，其商业心理作用不容小看。除了以上这些优点外，还有很多，如可以使用单独的散页片盒；可以轻而易举地更换你所想使用的任何类型胶片；还能够巧妙地处理一些拍摄技术难题，如正面拍摄"镜面"物体；结构相对简单，不易发生机械故障，使用可靠等。

六、大座机的主要缺点

1. 操作烦琐

除了极个别的机种和少数功能外，大画幅相机的全部运作仍然依靠手工操作。每个步骤都需要花费摄影师很多的时间。如相机的架设、调节和构图，构图调焦要钻进遮光黑布里边，观看取景毛玻璃上的倒立影像，得需要用放大镜才能仔细观察检查调焦。

2. 器材笨重，携带不方便

大画幅相机的机身、镜头体积庞大而笨重，此外，大画幅相机摄影还需携带一批片盒、各种配件以及一副结实的三脚架。

3. 费用昂贵

大画幅相机机身、镜头、胶片、配件等费用昂贵，拍摄同一影像的费用要比中小画幅相机高。

4. 无法抓拍

无法抓拍运动的人与物，甚至在拍摄风光片时都有可能因相机的携带、移动以及操作问题错失最佳时机。

七、大底片相机镜头的选择

在商业摄影的拍摄中，我们一般需要三个镜头：一个短焦镜头，一个标准镜头，一个长焦镜头。也有少数摄影师只使用一个镜头便能悠然自得地在大画幅相机的世界里得意地遨游。选购大座机的镜头，除去一些技术条件外，还有两个主要因素：一是拍摄的需要，二是镜头本身的品质及特点。因此，一般在选择中也有两种方法。

一是从镜头中选择适合于自己拍摄目的的镜头。比如，不同厂家的镜头成像软、硬会有所不同。

二是如果要求色彩平衡效果一致，就应尽量使用同一系列的镜头。

虽然都是名牌镜头，但其性能、特点总有差异，要能完全分辨这些因素，是很不容易的。因此，在选购前要了解一些大座机镜头的相关知识。

首先，不能以选配小座机镜头的经验来选择大座机的镜头。因为，大座机镜头有别于小座机镜头的常规标准。大座机的镜头要从视角和焦距两方面来考虑。对不同画幅的胶片必须有足够充分的涵盖率。镜头的视角与焦距无关，而与镜头的组成有关。结构相同的镜头会有不同的焦距，但可能有相同的视角。大座机镜头的焦距选择要考虑镜头视角对所用底片是否有足够大的涵盖率。

其次，任何相机都可利用缩小镜头的光圈以增加景深。大型相机除此之外，还可利用镜头平面和胶片平面的倾斜摆动来全面控制影像的清晰度。

大多数人误以为拍摄时光圈越小，景深越大，越能增加胶片边缘的清晰度。其实不然，当过度缩小光圈，光线通过这个很小的孔隙时，会产生严重的绕射现象，而降低影像的明锐度。对商业广告摄影来说，尤其是拍摄商品摄影来说，更要重视。

虽然大座机的镜头品牌很多，像罗敦斯德、施耐德、富士龙、尼康等，质量都是相当好的。但它们也有各自的特色，摄影师可根据用途和价位自己选择。有些大镜头在某些外拍相机上或是某些镜头板上是不能使用的。要考虑好适配性，同时还要预备足够的备用皮腔（图5-40、图5-41）。

图 5-40 施耐德镜头

图 5-41 罗敦斯德镜头

八、选适合自己的机型

只有适合自己的才是最好的，不可盲目攀比，要根据拍摄目的与经济能力选择适合自己的机型。如果以拍摄广告和建筑为主，那么最好购置调整能力较强的单轨式相机与像场清晰区较大的镜头；如果是以拍摄风光为主，则最好购置调整能力较弱但携带较为方便的双轨相机。

4英寸×5英寸相机现在是最受欢迎的画幅，此画幅的相机种类多，镜头、胶片、片盒等附件的种类也多，是首选的画幅尺寸。还有5英寸×7英寸，8英寸×10英寸与更大画幅相机，这种画幅相机可以让你得到极为漂亮的接触印相照片。放大得到的影像超过4英寸×5英寸，不过只有放大到极其大时才会显而易见，但是其价格昂贵，笨重。

因此在选择时要考虑以下特性，综合考虑。

1. 便携性

在野外拍摄风光，有些单轨式相机就因为太重、太大，不便在野外使用。只有轻便、重量合理，这时才是适合你的相机。木质相机机身的优点就是较为轻便。

2. 调整操作性

在这一点上，单轨式相机显示了它的较大的灵活性，对所从事的摄影活动来讲，所购相机要有足够的功能调整操作余地。单轨式相机具备足够的调整操作功能，而双轨式相机就差很多。如影室摄影通常要做大量的影像控制工作，建筑摄影则需要对相机前后板进行移位控制，以保持建筑物正确的透视。

3. 结实可靠性

通常在同等功能特性前提下，木质机身较轻，但是不如金属机身紧凑结实。相机部件组合要具备刚性与高度精确性。因为所有这一切涉及到影像的清晰锐利与否，在有风的环境条件下拍摄，你则需要一部具备刚性的相机，这样才不会影响成像的质量。所有的锁定装置必须十分结实，这样当你向机内插片盒时才不会改变所有的设定。相机的不精确组合会导致画面中一些区域成像不实。金属相机要比木质相机刚性强、组合精确。

第四节　数字技术在商业摄影领域的应用

社会发展中每一个领域的进步，总是伴随着工具的变更或新技术的出现。到了21世纪的今天，高速发展的科学技术更是让当今的世界面貌有了一个全新的改观，特别是近几年来广泛应用于社会发展的各个领域的数字技术，使我们的生活较过去几十年有了翻天覆地的变化。

数字技术是指利用计算机和一切运用微处理器、数码、镭射、互联网的技术设备、电子娱乐产品等，而广泛应用于生产和消费的多媒体系统、高科技视频系统、遥感系统，以及通过数字手段生产的艺术品、仿生信息产品以及各种含有电子内容的输入、输出和存储设备等的新技术，它几乎涵盖了影响当代生活个体和集体生存质量和价值的所有新技术，已经遍及网络、影视、广播、多媒体展示等各个领域。而应用于摄影领域的数字技术我们称为数字影像技术，目前已经在新闻业、广告业以及军事和科研等各个方面得到广泛应用。

一、目前数码摄影的发展现状

数字影像是整个摄影领域的一场技术革命。

传统胶片摄影经过100多年的发展，其修片、喷绘技术和暗房加工技术似乎已经到了极限，要再有一个全新的提高和突破，就必须依靠新技术的出现，这个技术就是正在快速发展的数字影像处理技术。"它最显著的特征是影像成像核心方式的变革，数字编码成像替代化学银盐影像"。依此而生的数码相机以其全新的面貌展现在人们面前，它容易操控，可以边拍边观察，可以不用考虑胶卷的成本，所有的图像资料储存下来后，只要你不丢失，它是永不会随着岁月的流逝褪色或被污染，永远是新的。利用计算机技术，我们可以随意挑选、修改，它的优点是如此的吸引人，不仅如此，数字影像技术的出现，产生了一系列新的摄影技术、方法以及技术标准来控制影像品质，形成了数字影像的技术体系。以至于完全颠覆了我们传统的摄影概念。通过最近几年的发展，我们可以感受到数码相机的出现几乎给影像领域带来的一场"工业革命"。数据显示，2005—

2006年是全球影像产业剧烈震荡的两年。2006年，日本照相机生产商在全球一共销售了6 470余万台数码相机，而传统胶卷相机才有约540万台的销量。

2007年，全球售出了近8 200万台数码相机，据中国台湾领先数码相机制造商称，由于新兴市场需求的急速膨胀，全球数码相机销量2008年将达到1亿多台。市场调研公司IC Insights指出，随着大部分业余和专业摄影师纷纷由胶卷转向使用数码相机，全球数码相机市场将达到每年180亿美元的水平，从2000—2005年，数码相机销量的年平均增长达到8%，2006—2008年达到顶峰。当柯尼卡美能达的发言人2005年推断传统相机退出市场的最后期限是"三年"的时候，喜爱胶片机的发烧友们也许还对其嗤之以鼻。直到随之而来的影像产业的剧烈震荡，尼康公司的分析师不得不把"三年"预期改写为"屈指可数的日子"。传统相机领域的王牌大厂们为了在这个市场中幸存下来，边紧急缩减传统相机的生产边纷纷积极研发各种高新数码技术。于是，随着各种数码影像高新技术的高速发展，给摄影这门艺术也带到了一个全新的发展时期，无异于掀起传统胶片摄影领域变革的一次"工业革命"。

数码相机由于其具备太多传统胶片机器不具备的优点，各个画幅尺寸的相机已经基本实现数字化，并广泛应用于商业摄影领域。

数码摄影具有一些独特的传统胶片摄影所不具备的优点：高像素图像传感器可以重复使用，可以随意变换的ISO值，实时取景方便快捷的即拍即看，无须考虑胶片成本，没有后期暗房冲洗的麻烦，方便的大容量存储，方便网络媒体时代的快速传递，无须通过扫描仪扫描直接输入电脑且无损失，配合各种相机自带软件或者其他图像处理软件，其后期制作完全自己控制，而且随着计算机软硬件水平的高速发展，后期制作会随之拥有更大的创作空间。那么，现在的数码技术到底达到了怎样一个水准呢？从1995年柯达公司推出的标志着数字技术全面进入照相机领域的623万像素（2 036×3 060）的柯达DCS 460型数码相机诞生至今，就那么短短十几年里，它真的这么快就能达到了持续存在了100多年的传统胶片摄影的高度了吗？下面我们先从硬件的技术参数分析对比它们的当前的真实水平差异。

35mm数码单反相机的成片尺寸其实已经基本可以满足大多商业用途。有着ISO12500的超高感光度，依然有着极其出色画质的Nikon全画幅之王的D3，处于数码单反领域领军地位的Canon 1Ds Mark Ⅲ，35mm数码像素之王SONY新品α900以及有着SUPER CCD的FUJIFILM S5 PRO，等等，这些价格从1万多元到4万～5万元不等的35mm数码顶级单反相机，相比较中画幅器材的重量、价格、操作的方便性、携带的便捷性、功能性别都具有明显的优势，甚至是一些高科技技术指标都有所超越，由于它们优秀的成像质量和各种胶片机器无法实现的诸多强大功能，目前已经被广泛应用于新闻摄影、影视以及广告摄影等各个商业摄影领域。随着数码图像传感器的像素密度也在飞速提高，全画幅图像传感器像素数，目前已经达到2 460万（2008年9月推出的SONY α900），其成像打印输出尺寸与35mm胶片放大能达到的尺寸至少相同。看看α900身上的最新技术，我们感受到当前顶级35mm数码单反相机的诸多优势：具有2 460万有效像素全画幅Exmor R CMOS影像传感器，可以拍摄最高达6 048×4 032分辨率的图片，感光度范围ISO200~ISO3200，并可扩展至ISO100~ISO6400，9点自动对焦系统都采用了高精度的十字对焦点，其中中央对焦点为双十字对焦点，机身内置Steady

Shot光学稳定系统，可以不受镜头制约，提供恒久的光学防抖效果，两块Bionz影像处理器的应用使α900拥有更加强大的运算速度，最高图像质量下5张/s的连拍速度。而最新出来的Canon 5D MarkⅡ，SONYα900等相机不仅能拍摄高分辨率静态照片，甚至还能录制高分辨率全动态影像（图5-42、图5-43）。

图 5-42　Canon 5D MarkⅡ

图 5-43　SONYα900

从各种画幅尺寸的胶片机与数码相机实际拍摄出来的结果所得的综合测评来看，即使是以往胶片机传统的优势领域，数码相机通过高科技的武装已经无限接近甚至已经超越。

几年前，也许人们还在认为，主要应用于商业广告领域（如拍摄大型产品图片、大画幅尺寸的人像以及各种大型商业广告与风光摄影等）的传统中画幅胶片相机将是最后一块胶片机型的领地。可是很快，进入数码时代后，作为专业拍摄人像、商业广告与风光首选的最后一块领地的传统中画幅胶片相机，随着数字后背与中画幅数码相机的出现，也开始一点点地被攻占。比如，随着数字技术的迅猛发展，早已出现了装在传统胶片座机上即可将中画幅胶片机数码化的数码后背。比如作为中画幅相机的领跑者——哈苏，一直在不遗余力地研发各种中画幅数码相机和后备系统，如具备3 900万像素的哈苏H3DII-39数码相机，从一诞生就被众多职业摄影师奉为人像的利器，其丰富的细节表现能力、自然书画的色彩过渡与色阶递进等都令人吃惊。于是，就有大量摄影爱好者拿二者做过各种综合测评，意欲一分高低。

摄影之友曾经就拿中画幅相机的典型代表品牌哈苏的H2-645（胶片相机）与哈苏H3DⅡ-39（数码相机）以及哈苏503CW（胶片+数码后背）就商业人像摄影与风光摄影做过综合测试，最终，经过无数次在电脑上把对比图片放大200%，从上到下细细查看画面不同区域的细节表现，对比不同照片的明暗过渡，最后从分辨率数据和照片实际效果来看，胶片和数码基本上都有自身的特色，从电脑读出的分辨率标板数据来看也都在一个层次上。数码在风景拍摄上更加优秀，而在人像方面，胶片和数码平分秋色（图5-44、图5-45）。

图 5-44　哈苏 503CW

图 5-45　哈苏H3DⅡ-39

　　由此看来，3 900万像素的H3DII-39数码相机已经完全可以与专业中画幅胶片机器媲美。可是，数码技术的发展实在是太快了，即为瑞典著名专业相机制造商哈苏公司（Hasselblad）最新研发出的高达50 000万像素的H3DII-50，其影像传感器尺寸是48mm×36mm，这是35mm相机传感器的两倍，也就是我们常说的120画幅。其拍摄一张照片的时间大约为1.1s，一张RAW文档的尺寸是65MB，而一张8bit的TIFF文档则为150M。

　　H3DⅡ-50实现了前所未有的多个不同系统组合的整合性，与增强的镜头性能和前所未有的图像清晰度相结合，远远优于当今市场上的任何专业数码相机系统，其提供了目前市场上最高的像素分辨率，最好的色彩，以及最好的细节表现。其在风光摄影、产品静物摄影、人像摄影、商业广告摄影及特殊用途摄影中有着完美的画质表现，一言以蔽之，其出色的成像品质就是每一位摄影发烧友梦寐以求的珍宝。哈苏公司H3DII-50在2008年10月开始销售，售价约为39 995美元。尽管这个价格已经足够买一辆本田HRV，但相对于3 900万像素的H3DII-39刚上市时的37 000美元，H3DII-50并没有多大明显上升。虽然目前已经进入市场的中画幅数码后背价格比较高，但随着技术发展和制造成本的降低，相信不久将会成为摄影爱好者尤其是商业摄影师可以企及的产品。

　　所以，即使现在仍有一部分摄影者坚信胶片摄影的优越性，但是，随着科学技术的发展，必将会出现更强大的图像处理器，速度更快的模数转换器，更好的图像传感器，更高的像素，以及更大更快的储存介质，更丰富更强大的拍摄功能，包括普及的全画幅，所有数码单反甚至便携相机都将加入高清视频拍摄功能，以及扩展的动态范围技术，更完善的软件支持，更实惠的价格。不久的将来，我们必将进入一个完全的数字影像时代，自然而然，数码相机完全取代所有传统胶片摄影领域只是时间的问题。

二、数字技术在商业摄影领域的应用

　　说到商业数码摄影中的数字技术，首先要提到一个"数字暗房"的概念。何谓数字暗房？我们知道，传统胶片在拍摄完成后必须在传统暗室中通过药水的冲洗，经过"显影—定影—水洗—干燥"的过程才可以变成完整的可见的相片，当然通过传统暗室的"剪裁、局部遮挡、局部额外曝光等放大改进底片等方法，也可冲出具有非同一般的照片出来"。而数字暗房呢，简单来说，数码相机拍摄后一般是通过SD/SDHC存储卡、CF卡和记忆棒等储存媒介（超大像素的数码后背的中画幅相机使用专用大硬盘，若使用胶片机拍摄的反转片，则是通过专业滚筒扫描仪扫描后存储为数字图片）导入计算机，然后通过在计算机中加载所拍摄的数字影像，然后使用某种计算机图像处理软件，如Photoshop，LivePix等图像处理软件处理图片，如裁切，图片合成，调色，局部细节调整甚至更改背景等，然后通过打印机打印出相片的过程，称之为数字暗房技术。在当前摄影领域中，数字技术是一个内容宽泛的综合体，除了前期拍摄方式之外，还有强大图像软件支持的后期制作。随着计算机软硬件的迅猛发展，它的优势显而易见，既简便又价格低廉，还能拥有更大的艺术创作空间，创作题材更加多样，创作手法也更加灵活（图5-46~图5-49）。

图 5-46　Francesco Marconi皮包品牌广告

图 5-47　Francesco Marconi皮包品牌广告

图 5-48　Francesco Marconi皮包品牌广告

图 5-49　Francesco Marconi皮包品牌广告

其实无论胶片摄影还是数码摄影，无论风光摄影还是商业摄影，除了一些特定的行业（如新闻摄影）不能做后期处理外，后期数字暗房处理应该是当今数码摄影时代无法省略的环节。比如，拍摄出来的照片普遍比胶片机反差要弱，需要做些锐度调整；如果迫不得已在暗光下拍摄，而你的机器控制噪点的能力并不怎么样时，你还需要进行去噪点处理；如果不小心了又不允许重来（比如各种大型商业会议、走秀、婚礼等），就只能后期去做锐化处理；大多数人没有完美的身材，即使是迷人的模特儿，也可能会在不理想的角度下拍照，所以有时候还需要一定程度的修正性修润处理，像诸如此类的有各种因客观原因拍下的片子存在不足之处需要后期不得不修缮的机会，实在是举不胜举（当然具体的操作细节本文不作深入探讨，爱好者可以参考各种摄影类杂志）。由此可见，数字暗房技术跟传统胶片时代的暗房一样，是数字影像时代不可或缺的技术支持。

　　综上所述，在摄影领域，数字技术是一个内容宽泛的综合体，除了前期拍摄方式之外，还有强大图像软件支持的后期制作，两者结合后，对获取影像、把握和控制影像，甚至是对摄影创作的方式，都会产生很大影响。通过以上实例，我们可以看出数码技术对传统拍摄习惯的强力改进，它不但突破了传统摄影和传统暗房技巧的技术局限，通过前期的定位、构思、设计技术的线路和设计必要的技术流程，结合后期制作，还能够完成在传统时代难以完成甚至是无法完成的创作。它给了我们一个全新的启示，如果用传统摄影方法和思路，我们的很多创作思路就受到限制，很多好的简便的创作方法我们会做不到，数码摄影在许多时候甚至具有突破难题出奇制胜的可能（图5-50~图5-52）。

图 5-50　Jaroslav Stehlik 创意广告

图 5-51　Romain Laurent创意广告

数码摄影的发展，其实还离不开传统摄影在长期的发展过程中形成的一套成熟、完整而独立的体系，它只是以现代摄影所运用的工具材料、数字暗房技巧、大视角的审美意念，彰显出鲜明的现代数字摄影的艺术特色。伴随计算机技术和世界网络文化的高速发展，决定了现代数码摄影具有自己的视觉审美和表现形式以及独特的创新特征。然而，对于摄影这门艺术来说，数字摄影不过是拍摄的另外一种方法，不管是数字摄影还是过去的胶片摄影，它们仅仅只是提供了一种不同的工具和技术。创作一幅公众认可的艺术摄影作品，包含着许多因素，诸如作者的文学、历史、民俗、宗教、哲学、美学知

图 5-52　Andy Glass商业摄影作品

识以及社会责任等。所以说，摄影不仅仅要讲技术、技巧，还与作者本人的生活阅历、文化水平、美学观、文学观、价值观、世界观等良好的修养与深刻的文化底蕴紧密相关，缺乏这些，即使你有再高的摄影技术，再先进的摄影设备，也不可能创作出优秀的艺术作品。如今，现代数字摄影艺术潮流进入了一个多元化的新时代，不断强化整个社会文化环境对数字文化制品的需要，以及现代数码摄影的数字化环境所必然要求的与之相适应的现代数码摄影艺术形态、数码摄影艺术观念和数码摄影艺术欣赏群，决定了数码摄影艺术已经毋庸置疑地成了世界摄影领域的主流艺术。所以，我们要充分认识到数字影像时代对商业摄影者提出的新要求，认识到新知识、新技术对商业摄影的重要历史意义和时代特征，才可能拓展我们的创作思路，在这个日新月异同时又充满残酷竞争的市场中找到适合自己的发展道路。

复习思考问答题：

1. 从广义上讲，用于商业摄影的器材主要有哪些？其特点分别是什么？

2. 商业影棚建设应具备哪些条件？

3. 影响镜头涵盖率的因素有哪些？

4. 简述大座机的优缺点。

5. 简述数字技术在商业摄影领域的应用。

第**6**章
商业品牌建设中的广告创意

　　创意，是智慧火花的闪现，它无影无形却魅力无限。好的创意能产生巨大的震撼力。广告摄影的魅力来自于不断地创新，高度创意力的广告摄影作品会强烈地震撼人们的心灵，使人迅速产生认知、理解、接受的行为。然而，关于摄影的争论从来也没有停止过，摄影与绘画孰重孰轻？技术与艺术谁才是主角？商业与艺术你站在哪边？在大多数情况下，品牌在中国被理解为质量与声誉。我们缺少对品牌在顾客关系和个性内涵的理解，中国的商人着眼在短期，他们不愿投入时间、金钱和精力去建立一个品牌，他们想要快速回报。然而中国的艺术家和设计师队伍正在壮大，我们的摄影作品和设计作品与国外的差距也正在慢慢地缩小。当今社会，我们不可否认的是，广告摄影创意已经成为企业品牌建设中的一支舞动的灵魂，支撑着企业的品牌建设。

第一节　从视觉语言到创意高度

　　视觉语言是可以跨越地域和国界的，在广告摄影作品中，摄影者通过摄影作品，以图片的形式向消费者传达商品的形态与使用价值，将商品的信息以创意的形式表现出来，使商品的功能进一步优化，从而展现在消费者的面前。我们所看到的广告摄影作品都是摄影师传达给我们的"视觉语言"，然而这种视觉语言在摄影作品中则达到了一种创意的高度，通过创意表达了摄影者对此的情感。

　　摄影作为表现广告创意的视觉语言之一，具有其他视觉语言，如绘画和文字所无可比拟的真实性，能够在第一时间抓住人们的注意力，又很容易引导人们进入品牌所要传达的一种情绪之中。摄影与广告的联姻可以追溯到19世纪50年代，摄影最早被运用在法国和英国推销时装样式和款式的小册子上。这时候的摄影，作为一种更为写实的广告视觉语言，主要运用在时装和定制服装行业。摄影在商业上的价值更多地体现在线下促销的部分，推销员们借助照片在他们的推销工作中发挥作用。早期的广告摄影，传递的是商品的信息，追求的是清晰准确地对商品的描述，还有最大限度地美化商品。一直以来，广告摄影都以传达信息为主要功能，而随着广告诉求从商品扩大到品牌，这个信息的概念也从商品信息扩大到了品牌信息。广告摄影也慢慢从简单的商品再现，发展到一种对气氛，甚至是精神的描述，对品牌形象的诠释。时间进入到20世纪50年代，摄影真正开始在商业领域大展拳脚。商业摄影成为许多高等学校的一门专业课程，广告摄影开始在纸质媒体上占据重要地位，并逐渐发展成为一种全球化的视觉媒体。摄影开始成为广告创意的一个重要部分。

清华清茶的广告语——"老公，烟戒不了，洗洗肺吧！"传神地表现出产品独特的功效，投射出产品的核心品牌价值：关爱、体贴、健康。一张宽敞明亮的办公桌上，放上一盒清华清茶，一个茶杯，一封手写的留言条，一支笔，构图简洁、明快、大气，真实场景跃然纸上，以视觉语言形式挖掘出夫妻之间的内心情感和理解、支持与关怀；细腻真挚、感人肺腑的创意手法直击女人的爱心，洗空了不知多少女人的钱包。同时也给企业的品牌建设增色不少。

在企业的品牌建设中，广告摄影创意是一种运用视觉语言对消费者进行深度说服的传播手段，创意与视觉语言是两大构成要素，一个企业的品牌建设，要求广告摄影能够达到视觉与创意融合为一的至高境界，与消费者进行内心的对话，营造企业的强大品牌优势，达到企业品牌建设的最终目的。

第二节　打破艺术与商业的界限

"摄影艺术作品"和"广告摄影作品"在产生、内容和属性上的不同之处：一是摄影艺术作品的创作初衷不是为交换而产生的，而是艺术家对世界认识的表现，是艺术家本质力量的生动体现，如战争年代出现的大量的音乐、美术作品、摄影作品充满了艺术家保家卫国的激情，也鼓舞了中国人民与敌人斗争到底的决心。大量的广告摄影作品则是艺术生产者在商品流通过程中按照商品交换的原则，为满足他人的需要而产生的，而对于广告摄影者来说，从事广告摄影作品拍摄是他们赖以生存的手段。所以有人说："诗一旦变成诗人的手段，诗人就不称其为诗人。"讲的正是这样一个道理。二是摄影艺术作品内容反映民族文化和文明程度，是艺术家长期文化积累和发展的结晶，也是精神活动的深层境界凝炼的成果，标志着社会文明的进程。而广告摄影作品在内容上则是生产者迎合市场，完全按市场的需要创造广告摄影作品，创造经济效益。三是摄影艺术作品凝结着艺术家的全部生活体验、知识积累和艺术功力，还渗透了艺术家的人格力量，并受到创作时的生活状况、思想状态的影响，创作出永不重复的作品是艺术家对世界的反映，属意识形态范畴。广告摄影者大多是把批量化、标准化制造的产品卖给别人，同时，交换回自己需要的价值，广告摄影作品无论以何种物质形态表现出来，都和物质产品一样，参与市场流通、交换和消费，正如调侃那样，"摄影艺术作品好似母鸡下蛋。"

摄影艺术作品是崇高的，它的本质无法以任何金钱去衡量，但随着时间、条件的发展，摄影艺术作品在现实生活中借外在形式而给予市场定价，这也是无法否认的事实。通过经济价值来体现艺术价值是当今人们普遍所接受的，一件贵重的摄影艺术作品，即使不懂艺术的人也知道珍爱。"文革"期间，中国众多的摄影艺术作品惨遭厄运，除意识形态的主要原因外，经济价值与艺术价值完全脱节也是其中一个因素。

广告摄影，当今世界市场经济的鼓号手，在商品销售的大舞台上，吹奏了一支又一支进行曲，创造了一个又一个的销售奇迹（图6-1、图6-2）。广告摄影，是销售产品的第一手段。在激烈的市场竞争中，广告是走在最前列的尖兵，而广告摄影则是广告的具体表现形式。当代地球村，消费品的世界就是广告的世界。报纸、杂志、广播、电视，四大广告媒介，把产品形象与消费者的情感融为一体。不是思想的说教，不是意识的交

图6-1　[法国] Andric Ljubodrag创意广告　　　　图6-2　[法国] Andric Ljubodrag创意广告

流，而是一种简明扼要的信息传递。将有价值的信息，采取艺术手法，把商品、劳务高度精练的信息，通过媒介，改变人们的观念，引导人们的购买行为。使广告摄影在品牌建设过程中，打破了艺术与商业上的界限，更好地为品牌建设服务。

第三节　商业摄影创意打造企业品牌

在产品愈加丰富、市场竞争日益激烈的今天，品牌不仅成为企业攻占市场的利器，更成为企业稳定发展、快速增长的发动机。一个品牌从创立、成长，到发展、成熟，要经历许许多多的磨砺与考验。

几乎每个企业都想拥有自己的品牌，想把企业做大，想把品牌做好，但是我们毕竟生活在一个多因素社会，这个社会里的二八法则永远不会变，如果全世界80％的人都是有钱人，那钱也就没有什么价值了，所以说在一个行业，不可能所有的企业都会变成品牌，这也给打造品牌造成了很大的难度，在种种恶劣的环境下，让我们很难塑造自己的品牌。然而，几乎每个品牌的建立都离不开广告，没有一个企业可以离得开广告，当然绝大多数产品也在每天做广告，可就是形成不了品牌，很多企业在几个大媒体全都上过广告，很多条件也都满足，就是形成不了品牌，是什么原因造成的呢？很简单，问题出在广告身上，没有一个好的广告创意就无法吸引消费者的眼球，即使产品再好，也无法得到社会的认可，企业的品牌也就无法建立。

28年前，当绝对伏特加（Absolut Vodka）正式进军美国市场1的时候，这个来自瑞典南部小镇的品牌面对的是怎么也高兴不起来的局面——缺乏内涵的名字被消费者认为有些"哗众取宠"，出产国也没有任何制造和饮用伏特加的传统，公司投资6.5万美元进行的市场调查最终提出了"建议放弃"的高风险警告。如果听取营销专家们的建议，绝对伏特加的美名将绝对止步于欧洲的乡间小路。但是，现在美国的进口伏特加酒中有40%印着"绝对"商标，每年超过一亿瓶绝对伏特加酒在封装之后被运往全球的130多个国家，而它的玻璃酒瓶也成为20世纪最受认同的视觉符号之一。

进入美国的前一年，绝对伏特加的进口代理公司在进行市场调查后认为：为了在利润率日渐下跌的伏特加酒市场中站稳脚跟，必须用高端的品牌形象与美国市场上的低价酒拉开差距，并据此名正言顺地抬高价格。与此同时，消费者早已厌倦了各种产品广告的夸夸其谈，他们必须用一种不那么单调的方式把自己塑造成"市面上最好的伏特加"。此后的20多年中，绝对伏特加推出了近2 000幅平面广告。其中绝大多数都以绝对伏特加酒瓶的轮廓特写为中心，但酒瓶里装着什么则千变万化。酒瓶下方写着2~3个英文单词：第一个总是"绝对"，后面接着的单词展现了广告创意人员天马行空的想象力（图6-3~图6-8）。不得不说的是绝对伏特加的品牌联想度，在绝对伏特加于1979年进入美国市场之后，他们不仅仅吸引了超过300位画家参与设计，这些广告创意设计的延伸更加促进了绝对伏特加的销售。

正是这样独特的广告摄影创意为绝对伏特加打造了一个强势品牌，可见广告摄影的创意在企业品牌建设中的不可或缺与灵魂所在。

图 6-3　[美国] 绝对伏特加广告　Steve Bronstein 摄

图 6-4 [美国] 绝对伏特加广告 Steve Bronstein 摄

图 6-5 [美国] 绝对伏特加广告 Steve Bronstein 摄

图 6-6 [美国] 绝对伏特加广告 Steve Bronstein 摄

图 6-7 [美国] 绝对伏特加广告 Steve Bronstein 摄

图 6-8 [美国] 绝对伏特加广告 Steve Bronstein 摄

第四节 商业摄影创意在品牌建设中的渗透

广告摄影作品的商品属性使它要面对市场，就不能不讲经济效益，但作为社会主义的艺术生产者和经营者，又必须重视特殊精神商品的价值导向，力求在创造最佳经济效益的同时，创造最佳的社会效益，从而实现摄影艺术作品与商业摄影作品的共荣并存，相互促进，繁荣社会主义市场经济体制下的艺术事业。

今天，我们生活在一个品牌的世界里，渗透于生活的每一个细节，并深刻地影响着人们的日常行为和生活方式。品牌作为一个符号，人们消费的不仅是它的功能，更是它长期以来被构建出来的意义，广告在这个过程中无疑起到了至关重要的作用。然而，正如美国的品牌技巧之父多米兹拉夫所说："一旦人们关心起广告手段，也即以批判的眼光组织对其下意识进行无法控制的影响，他就揭穿了广告手段的把戏。"正是从这个角度来说，品牌就是一切。

一个好的广告创意，可以救活一个工厂；一个好的广告创意，可以使企业复苏。广告创意能够呼风唤雨，其最高目的是从世界上赶走贫穷。广告创意，也是社会的竞争手段。当市场上有两个以上的企业进行同一种产品的推销，必然产生竞争。竞争就是一种较量，广告创意，给竞争造成巨大声势；广告创意，使竞争公诸于世；广告创意，能够赢得消费者对企业的选择。竞争需要广告创意，广告创意的同时促进竞争。

今天，万宝路香烟在男人的世界中广为流行，但却很少有人想到它最初却是以"女性香烟"的面目出现的：那是一个"迷惘的年代"，无论男女，都喜欢在香烟的烟雾缭绕中忘掉创伤。于是"万宝路"问世了。它最初的广告口号是"像五月的天气一样温和"，旨在争当女性烟民的"红颜知己"（图6–9）。然而，它温柔的广告形象似乎没有给广大淑女留下多少印象，20多年过去了，万宝路香烟仍然默默无闻。20世纪50年代以后，著名广告人李奥·贝纳成为"万宝路"的代理。他对"万宝路"进行了大胆的重新定位，定位于"男性香烟"，"粗狂雄浑"是它的特点。在李奥·贝纳的创意下，"万宝路"进行了崭新的改造：产品性质不变，改变产品包装，使之更富有男子汉气息。广告也由以妇女为主要对象转变为铁骨铮铮的男子汉。李奥·贝纳开始时用马车夫、潜水员、农夫等作为具有男子汉气概的广告男主角，但这个理想中的男子汉最后集中到美国牛仔这个形象上。一个目光深沉、皮肤粗糙、浑身散发粗犷豪放的英雄男子汉，跨一匹雄壮的骏马，驰骋在美国西部的大草原；他扬起的袖管里露出多毛的手臂，手指间夹着一支冉冉冒烟的万宝路香烟。它还有一个特点就是广告从不选用"男子汉模特儿"，而是去请美国最偏僻的大牧场中土生土长的"真正的牛仔"（图6–10、图6–11）。

"真正的牛仔"为"万宝路"树立了"哪里有男子汉，哪里就有万宝路"的品牌形象。那粗犷豪放、自由自在、纵横驰骋、四海为家的牛仔代表了在美国开拓事业中不屈不挠的男子汉精神，"万宝路"遂成为"男子汉"的象征。万宝路广告是广告史上最成功的创意之一。

图6–9　万宝路香烟广告

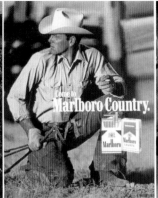

图 6-10　万宝路香烟广告

图 6-11　万宝路香烟广告

"民族"也是品牌划分的一个圈层种类。有人曾说过："如果一个人想欧洲化，他必须去买一部奔驰；但如果一个人想美国化，那么只需要抽万宝路、喝可口可乐就可以了。"毋庸置疑，"万宝路"除了能象征"男子汉"以外，还包含有鲜明的"美国因素"："那骑在马背上的西部粗狂牛仔代表了典型的美国人的生活场景，它包含着美国人具有的挑战、自由、满座的精神，机智、能干、热情的品格"。可口可乐也是美国文化的代表，它对美国人如此重要，以至于洛泊斯·考特上校在畅销《与主同航》中写道："打下第一架日本战斗机的目的是为了美国、民主和可口可乐。"

品牌能够代表民族，这有赖于其广告中所利用的民族传统。可口可乐公司的圣诞老人广告就是一个典型例子。圣诞节是美国的传统节日。1931年，著名广告人海顿在圣诞到来之际，别出心裁地推出了可口可乐圣诞老人。广告中这位胖而高大、全身鲜红（可口可乐红）、胡须斑白、笑容可掬的慈祥老人，在送完圣诞礼物后，高兴地畅饮他一夜辛苦的报酬——可口可乐（图6-12）。他被称为"美国式的圣诞老人"。从此，每逢平安夜，人们都会殷切地期待可口可乐公司的圣诞老人来送礼物。可口可乐此举成功地塑造了美国人心目中的圣诞老人形象，同时成功地利用美国传统文化扩大了品牌影响（图6-13~图6-15）。

无独有偶，中国的"孔府家酒"的畅销也得益于产品中所塑造的中华民族"家"的文化品格。"孔府家酒"的电视广告"回家篇"十分震撼人心，具有旅美背景并因《北京人在纽约》而走红的王姬成为形象代言人。在爱意荡漾的黄昏里，漂泊的王姬终于回到家园。在古意盎然的豪华客厅中，白发飘飘的老者写下一个斗大的"家"字。孔府

图 6-12　[美国] 1931年可口可乐广告　海　顿 摄

图 6-13　可口可乐广告

图 6-14　可口可乐广告　夏洪波 摄

家酒及时出现，一句画外音——"孔府家酒，叫人想家"，将场面推向高潮。这样一个广告怎能不唤起人们对家园的热爱与向往？！并由此很容易推及到"国家"。"千万里，千万里，我一定要回到我的家"深深震撼着人们，激起人们对"家"、对"国"无比强烈的眷恋之情，并爱屋及乌地将这种感情加诸于产品之上。

罗兰·巴特认为："任何符号学研究都要以两个术语——能指和所指之间的关系作为出发点。"由此我们可以总结出广告对品牌的作用，即：使其能只生成所指，也就是通过品牌的各种符号和广告的各种手段塑造品牌的意义。

第五节　商业摄影创意的社会价值体现

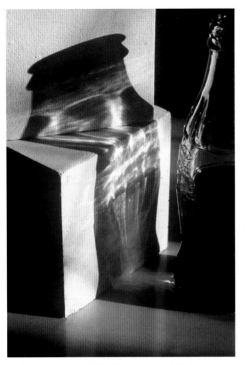

图6-15　可口可乐广告　夏洪波 摄

任何一个时代的经济发展都离不开相应的信息传播模式，与其他传媒介质相比，广告摄影具有直观性、时效性、丰富性、便捷性、经济性等特点。在全球经济迅猛发展以及随之而来的商家之间的激烈竞争中，广告摄影图像以其无可替代的优势大量介入商业领域，并且刺激着经济的发展，广告摄影图像在商业广告图像中的比例已达到90%以上，市场的需求量极大。随着数字化程度日益提高，网络的日益发达，广告摄影图像已经成为商家竞争的重要因素。广告摄影在商业领域的特点要求其必须要全面地展示和传递商品信息。优秀的广告摄影作品往往具有很强的创意性与艺术性，这种创意性与艺术性是一种你中有我、我中有你，密不可分的辩证关系。广告摄影还担负着满足消费者的审美心理、引导消费者的审美观念的重任，其社会价值的存在和体现是无法被人们忽视的。

首先，广告摄影创意全面展示和传递了商品信息。"创意是广告摄影的灵魂，广告摄影的创意是企业品牌建设的灵魂"。广告摄影的竞争，可以说是创意的竞争。一幅广告摄影图片要想吸引人的注意就必须具有独特的创意，无论从技术层面还是从艺术层面，都给人以新鲜的感觉。消费者的被动心理是非常普遍的，再加之"喜新厌旧"的人的本性，使新的事物更容易引起人们的注意和兴趣，重复的事物难以给人留下印象，没有创意、没有个性的广告摄影只能迅速被淹没。比如，时下铺天盖地的时装广告摄影，大多是美女俊男加LOGO，创意的"同质"化，使它们在被消费者浏览后，尽成过眼烟云，全无印象，更不用说对时装品牌留下的印象。摄影师要在掌握广告摄影技术的同时加强创意的"创新性"和"独创性"。任何一幅广告摄影作品的最终目的都是突出产品，吸引观众的目光。在现代激烈竞争的商业环境下，商家争夺的是消费者的眼球。只有创意新颖独特、艺术美感强的广告摄影作品才会被消费者在无意中注意到，进而解读、欣赏，从而留下深刻的印象，至此，广告摄影作品才圆满地完成了传递商品信息的任务（图6-16、图6-17）。

其次，广告摄影中艺术性与商业性的有机融合给商品社会带来了机遇与挑战。在广告摄影中，商业性成分处于无可争辩的地位，但是作为商业艺术的广告摄影从不也不可能排斥艺术的表现。优秀的广告摄影往往具有很强的艺术性，它能借助艺术性提高广告的艺术品位，吸引人们对广告内容的关注，从而实现传递信息的目的。越是追求商业价值，越要重视艺术表现力，优秀的广告摄影就是附加了商业元素，体现着商业价值的艺

图 6-16　[美国] 香水广告　Stan Musilek 摄　　　　　　图 6-17　啤酒广告

术摄影。为了更好地提高传播效果，广告摄影应该在服从整个广告商业目的的基础上，注重其艺术表现力，使摄影图像更具视觉吸引力和冲击力，从而得到消费者的注意。广告摄影的商业性与艺术性是相辅相成的。能够在琳琅满目的商业影像中引人瞩目，能够为广大消费者准确地传递信息，正是因为图片的形式美感与商品特质的有机结合，这是商业性与艺术性相融合的结果（图6-18、图6-19）。

　　再次，广告摄影的创意，在无形之中满足了消费者的审美心理，引导着消费者的审美观念。摄影图像具有对受众心灵渗透的力量，这是现代摄影图像融入文化的体现。广告摄影除了因其商业性而致力于创造人类理想的物质空间外，它作为一种艺术形式，还担负着创造人类精神家园的重任。通过摄影师独具匠心的拍摄，将常见的商品形象转化为生动的视觉形象，从而使该商品的信息从众多的竞争对手中脱颖而出，同时又使消费者得到心灵的愉悦。

　　广告摄影面对的是不同层次的广大的消费者群体，它首先必须顾及受众的理解和接纳程度，保证信息准确地传播。随着改革开放，西方现代审美文化的一系列新异的审美观念和审美信息涌进国门，中国的审美心理结构再次受到猛烈撞击。当代中国人已日渐处于现代审美文化信息的多层次包围和全方位浸染之中。在当代国际化的社会语境下，大众的审美情趣已经多元化，人们的消费观念也在发生着深刻的变化，这就决定了摄影师要最大范围地考虑接受信息的大众心理、生理等方面的需要，从而创造最具魅力的图像形象。广告摄影包含着现代人的意志、追求和审美情趣，同时广告摄影作为一种艺术样式，在传达信息、满足受众的审美需求的同时，还负有引导受众审美意识向更高层次迈进，提升整个社会的审美观念、加快整个民族文明的步伐的责任，这是广告摄影的另一个重要的社会价值。受众的审美意识是随着社会的发展而不断进步的，这个发展过程是在各门类艺术的不断完善中促成的。广告摄影创意更是在深化受众审美心灵成长的层面，对其做出应有的精神引导。

　　广告摄影的创意在企业品牌建设中的渗透是多方面、多角度的。作为一名摄影者，

图 6-18 化妆品广告

图 6-19 腰带广告

不仅拍摄商品本身，同时也融入自己的创意思想与创作理念，上面所讲到的广告摄影的创意与创造性思维，是摄影师在思维过程中，再现性思维本质上不产生新的东西，是自然物质的重新再现；广告摄影的创意诱导，在创作过程中是一块敲门砖，好的创意诱导能够产生优秀的广告摄影作品；在品牌建设中，广告摄影的创意也是无处不在，广告摄影的创意引导和决定了企业品牌建设的优劣，广告摄影创意的渗透是企业品牌建设的灵魂所在。

我们看着企业品牌建设的成功例子，看着广告摄影创意在企业品牌建设中的渗透，看着广告摄影从视觉语言到创意的高度，从艺术世界到商业领域，打破艺术与商业的界限，可以说，广告摄影创意在企业品牌建设中作为灵魂，舞动着它的美丽。

复习思考问答题：

1. 为什么说创意与视觉语言是商业摄影的两大构成要素？

2. 如何通过商业摄影创意打造企业品牌？

3. 商业摄影创意在品牌建设中是如何进行渗透的？

4. 商业摄影创意的社会价值体现在哪些方面？

参考文献

[1] 王晓旭. 美学原理[M]. 上海：上海人民出版社，2000.

[2] 王天平，林路，倪炎，等. 当代广告摄影[M]. 上海：上海人民出版社，2005.

[3] 刘立宾. 广告摄影技术教程[M]. 北京：中国摄影出版社，1997.

[4] 夏放. 广告摄影的创意语言[M]. 杭州：浙江摄影出版社，1996.

[5] 苏民安. 商业摄影[M]. 北京：清华大学出版社，2005.

[6] 王天平. 广告摄影教程[M]. 上海：复旦大学出版社，2006.

[7] 郑铭磊. 谈产品设计中材质的运用[J]. 美术大观，2010（2）.

[8] 张越. 数码时代下广告摄影的创意表现[J]. 新视觉艺术，2010（2）.

[9] 邱志杰. 摄影之后的摄影[M]. 北京：中国人民大学出版社，2005.

[10] 王传东. 创意摄影[M]. 济南：山东美术出版社，2007.

[11] 李文芳. 摄影美学[M]. 沈阳：辽宁美术出版社，2007.

[12] 胡飞. 杨瑞. 设计符号与产品语意[M]. 北京：中国建筑工业出版社，2003.

[13] 张西蒙. 广告摄影新形象[M]. 四川：重庆出版社，2001.

[14] 黄金发. 程金霞. 产品设计中夸张手法的应用[J]. 包装工程，2009（8）.

[15] 宋黎. 光在产品摄影中质感表现的研究[J]. 科技创新导报，2009（33）.

[16] 赵莹. 广告摄影拍摄技法（3）——不锈钢产品的拍摄[J]. 照相机，2008（4）.

[17] 唐朝晖. 以情动人——试论艺术广告创意的致胜秘笈[J]. 艺术百家，2004（1）.

[18] 刘蕊. 产品细节情感化设计研究[J]. 南京艺术学院学报，2008.

[19] 张越. 数码时代下广告摄影的创意表现[J]. 新视觉艺术，2010（1）.

[20] 谢加封. 创意：广告摄影的灵魂[J]. 南京艺术学院学报：美术与设计版，2004（4）.

[21] 李雪晖. 现代经济中的商业广告摄影[J]. 商场现代化，2008.

[22] 路杰. 刘斌. 隐喻在产品设计中的应用研究[J]. 大众文艺，2010.

[23] 简川. 产品设计的灵魂——创新[J]. 企业导报[J]，2010（4）.

[24] 胡捷. 高方志刚. 产品设计与传统文化. 大众文艺，2010.

[25] 王宜川. 广告摄影的艺术表现[J]. 淮南师范学院学报，2004（6）.

[26] 田欣欣. 广告摄影用光分析[J]. 新视界，2008（5）.

[27] Johannes Itten. Design and Form, the Basic Course at the Bauhaus and Later[J]. An Nostrand and Reinhold Company, 1993.

[28] Y. -K. Lim, Keiichi Sato. Describing multiple aspects of use situation: applicationsof Design Information Framework (DIF) to scenario development[J]. 2006.

[29] Jim Lesko. Industrial Design: Materials and Manufacturing Guide[J]. Wiley, 2007.

[30] Jesse James Garrett. The Elements of User Experience-User-Centered Design for the Web[J]. Peachpit Press, 2002（10）.

图书在版编目（CIP）数据

商业摄影与创意/夏洪波，王传东编著. —沈阳：辽宁科学
技术出版社，2012.1

（高等院校"十二五"规划教材·摄影专业）

ISBN 978-7-5381-7164-8

Ⅰ．①商… Ⅱ．①夏… ②王… Ⅲ．①商业摄影—高等学
校—教材 Ⅳ．① J419.9

中国版本图书馆CIP数据核字（2011）第 201233 号

出版发行：辽宁科学技术出版社
　　　　（地址：沈阳市和平区十一纬路29号　邮编：110003）
印　刷　者：沈阳天择彩色广告印刷有限公司
经　销　者：各地新华书店
幅面尺寸：170mm×240mm
印　　张：8.5
字　　数：180千字
印　　数：1~3000
出版时间：2012 年 1 月第 1 版
印刷时间：2012 年 1 月第 1 次印刷
责任编辑：于天文
封面设计：ANTONIONI
版式设计：于　浪
责任校对：刘　庶

书　　号：ISBN 978-7-5381-7164-8
定　　价：48.00元

投稿热线：024-23284740
邮购热线：024-23284502
E-mail:lnkjc@126.com
http://www.lnkj.com.cn
本书网址：www.lnkj.cn/uri.sh/7164